過去から現在までの3つの色合い：インドからアジアへ、そして世界へ

Translated to Japanese from the English version of
The three shades from the past to the present

Mitrajit Biswas

Ukiyoto Publishing

All global publishing rights are held by

Ukiyoto Publishing

Published in 2024

ISBN 9789360160838

www.ukiyoto.com

内容

ユニット 1: インド

インド外交のグランドビジョン入門

21 世紀におけるインドの外交政策は、主にパキスタンという長年の懸案を中心に展開されている。もうひとつは良性の腫瘍が癌化し、痛みと内出血を引き起こしている。それは、インドの外交政策が、パキスタンだけにとどまらず、中国に向かうような段階を踏んでいるという考えに行き着く。中国対インドという概念は、ある時期から大きくなってきた。中国は常にインドにとって地政学上のライバルであったが、インドの外交政策は独立後の最初の 10 年間は対応が遅れていた。しかし、インド外交の歴史性にとらわれすぎるのはよくない。中国は間違いなくインドの外交政策の舵取りをしてきた。ドクラム以来、ここ数年再燃していた国境紛争とは別に、インドの外交政策には変化が起きている。ドクラムは、最近の衝突の中で、本当に醜く、粘着質なものになった最初のものだった。インドの外交政策は一連の措置をとっており、その影響力と影響力は増大の一途をたどっている。では、現在を先に進もう。

外交政策の考え方は、差し迫った危機に対して実際にどう行動するかがすべてである。ここで、世界的な危機という考えが、権力の座に返り咲こうとする 2 つの権力中心からどのように生じているかを見てみよう。インドの外交政策は、長い時間をかけて、これら両方の権力中枢を扱う段階へと進んできた。インドは慎重に行動しなければばならない。インド外交の陶酔感の高まりが、私たちの思考を迷わせることがあってはならないからだ。それは、どこの国でも謳われている外交政策の壮大なビジョンとは何かという考えそのものである。そこでインドは、中国やロシアのような権威主義的な精神を持たず、可能な限り魅力的であろうとしてきた。また、ロシアとの長い間の臍の緒が完全に切れたわけでもない。昔からの友人を手放すことはない。ロシアは私たちにとって重要であり続け、インドの外交政策はそれを手放さないようにしている。インドの外交政策は、中国が真の脅威であり、他のならず者国家を援助しているという世界像を描くことである。インドはアメリカ、オーストラリア、日本といった国々と手を結び、世界的な民主主義の象徴として見られ、受け入れられるというインドの壮大なビジョンにふさわしい同盟関係を築こうとしている。

競争協力の領域には、パキスタンとインドという棘もある。インドは最近、チャバハル港をイランにつなげたり、アフガニスタンを南アジアや中央アジアに開放したりと、パキスタンを横取りするようなことをしている。これらは、インドが国際問題において責任ある尊敬される大国としての役割を取り戻すというビジョンとは別に、インドが貿易、経済協力、統合のゲームに自らを開くための重要なステップである。インドの国際問題では中国を中心とした言説が支配的であり、一部の国際学者や多くの国際学者は、インドと中国の出現を冷戦 2.0 と呼んできた。私はこのような比較に最大限の懸念を抱いている。何よりもまず、私はこの2つの国が、古代の重要な文明の不死鳥から出現したのではなく、むしろ再出現したのだと感じている。最も重要なことは、インドと中国を比較することはできないし、比較すべきではないということだ。インドは、イスラム教徒が支配していたはずの地域を残酷に分割してパキスタンを作り、後にバングラデシュを作ったのとは別に、王侯王国を統合して国を作った（典型的な国民国家ではない）独自の方法で、独自の民主主義の形を作り上げた。一方、中国は独自の一党独裁の国家統治を行い、広大な国土（インドの約 3.5 倍）を維持している。最も重要なことは、インドと中国が国際問題で果たしたい役割に関しては、哲学的にまったく異なるということだ。中国はインドより 10 年も早く国際貿易投資を開放し、工業生産にも積極的に取り組んできた。一方インドは、低迷する経済を救う最後の手段としてグローバル貿易に踏み切った。インドは5カ年計画を除けば、産業革命に乗り遅れ、そのままサービス経済へと移行した。インドと中国はアフリカに資源を求めていたが、その関わり方はまったく異なっていた。中国がインフラ整備に力を入れているのに対し、インドはより技術的な協力に力を入れている。今回で4回目となるインド・アフリカ首脳会議には、アフリカ諸国が大挙して参加した。これは、両地域が共有する植民地時代の後、インドがアフリカに新たな形で関与するための一歩といえるかもしれない。人種差別を動機とした犯罪で、インド人がアフリカの学生たちに暴力を振るったという不幸な状況は軽蔑に値するが、インドの関与はアフリカの大半で歓迎されている。中国は先に述べたように鉄道システムや発電に投資しているが、インドはそれにもかかわらず、より「価値あるソフトパワー」としてのアプローチを実現するため、技術協力に重点を置いてきた。また、エアテル・テレコムからリライアンス・インダストリーズに至るまで、インドの民間企業はアフリカに目を向けて農業に投資しており、企業外交にもつながっている。インドは間違いなく強力な外交活動を誇ることができるが、その新たな期待に応えなければならないのであれば、外交部員の本格的な拡充が必要だ。

インド中心の世界を構築するための国家としてのインド外交戦略の75年

インドは今世紀、世界情勢において大きな挑戦と役割を担っている。インドは 75 年の外交政策を終えたが、外交官採用試験も含め、植民地時代の名残をいまだに払拭していない。しかし、インドに課せられた責務は、第三世界の勢力（地政学的にも経済政策的にも第三世界と呼ぶ）を牽引する役割を果たすことである。インドの課題は、どちらも国の社会経済状況を改善することだ。インドは国際問題でより大きな役割を果たそうとしているが、それは忘れてはならない。人は "超貧乏 "であると同時に "超大国 "であることはできない。インドには、先に述べたようなイギリス植民地時代の慣習や制度が残っている。しかし、今日の世界は、インドができるだけ早く抑制を解き、自国と世界を取り巻く問題にどのように取り組みたいのか、そのビジョンを明確にすることを求めている。インドは、経済的な足跡の拡大、新興の消費市場、世界情勢のテーブルで適切な役割を得るための大きな刺激とは別に、封建制、家父長制、基本的な生存の問題をまだ抱えている。インドは戦争で荒廃したアフガニスタンで重要な役割を果たし、外交的な情報源だけでなく、現金やインフラ支援も提供してきた。それは、長期的にインドにとって重要である福祉と近隣諸国を豊かにするというインドのビジョンに合っている。同じことは、インドがいまだに学んでいる近隣諸国との関係強化政策にも当てはまるが、それには一定の欠陥がある。インドは状況の変化の中で非常に慎重に行動しなければならない。インドは最近、バングラデシュやスリランカとインフラ整備を進めている。政治的な関与は、豊かな隣国のための南アジア統合という経済関係にとっても重要であった。南アジアは経済的に重要ではなく、サハラ以南のアフリカを除けば、中央アメリカやカリブ海諸国と同様に貧困に苦しんでいる。第三世界の進歩の申し子として自らを考えているインドの考えは、まず南アジア諸国を取り込み、アフリカやラテンアメリカでも貿易統合政策を進めることだろう。しかし、言うは易く行うは難し。

競争協力の領域には、パキスタンとインドという棘もある。インドは最近、チャバハル港をイランに接続し、アフガニスタンを南アジアと中央アジアに開放するなど、パキスタンを横取りするために多くのことを行っている。これらは、インドが国際問題において責任ある尊敬される大国としての役割を取り戻すというビジョンとは別に、貿易、経済協力、統合というゲームに自らを開くための、インドにとって重要な一歩である。インドの国際問題では中国を中心とした言説が支配的であり、一部の国際学者や多くの国際学者は、インドと中国の出現を冷戦 2.0 と呼んでいる。私はこのような比較に最大限の懸念を抱いている。何よりもまず、私はこの2つの国が、古代の重要な文明の不死鳥から出現したのではなく、むしろ再出現したのだと感じている。最も重要なことは、インドと中国を比較することはできないし、比較すべきではないということだ。インドは、イスラム教徒が支配していたはずの地域を残酷に分割してパキスタンを作り、後にバングラデシュを作ったのとは別に、（典型的な国民国家ではなく）王侯王国を統合して国を切り開いた独自の方法で、独自の民主主義を作り上げた。一方、中国は独自の一党独裁の国家統治を行い、広大な国土（インドの約 3.5 倍）を維持している。最も重要なことは、インドと中国が国際問題で果たしたい役割に関しては、哲学的にまったく異なるということだ。中国はインドより 10 年も早く国際貿易投資を開放し、工業生産にも積極的に取り組んできた。一方インドは、低迷する経済を救う最後の手段としてグローバル貿易に踏み切った。インドは5カ年計画を除けば、産業革命に乗り遅れ、そのままサービス経済へと移行した。インドと中国はアフリカに資源を求めていたが、その関わり方はまったく異なっていた。中国がインフラ整備に力を入れているのに対し、インドはより技術的な協力に力を入れている。今回で4回目となるインド・アフリカ首脳会議には、アフリカ諸国が大挙して参加した。これは、両地域が共有する植民地時代の後、インドがアフリカに新たな形で関与するための一歩といえるかもしれない。人種差別を動機とした犯罪で、インド人がアフリカの学生たちに暴力を振るったという不幸な状況は軽蔑に値するが、インドの関与はアフリカの大半で歓迎されている。中国は先に述べたように鉄道システムや発電に投資しているが、インドはそれにもかかわらず、より「価値あるソフトパワー」としてのアプローチを実現するため、技術協力に重点を置いてきた。また、エアテル・テレコムからリライアンス・インダストリーズに至るまで、インドの民間企業はアフリカに目を向けて農業に投資しており、企業外交にもつながっている。インドは間違いなく強力な外交活動を誇ることができるが、その新たな期待に応えなければならないのであれば、外交部員の本格的な拡充が必要だ。

インドは、主権を尊重し不介入の方針を維持しているが、国際紛争においても大きな一歩を踏み出す。それでもインドは、イラク・シリア危機で期待されたような責任ある大国としての役割を果たすことができなかった。公式なコミュニケーションは維持していたが、対外援助や人道的救済のための重要な措置が欠けていた。インド政府はロヒンギャの受け入れを拒否し、すでにここにいるロヒンギャを強制送還するという（非公式な政策を）採用しているが、最近それに加えて、ミャンマーで進行中のロヒンギャ難民危機が突然 U ターンした。インドは貧困や失業といった深刻な問題を抱えているが、難民条約に正式加盟していないにもかかわらず、チベット、アフガニスタン、スリランカなどからの難民を受け入れている。この突然の方針は、多くのアジア太平洋諸国から責任ある信頼できるパートナーとして見られているインドにとって、良い兆候ではない。インドは、ブータンと中国が国境を接するドクラム・ラ地域において、ブータンという小国でありながらインドの友好国である国に対する中国の不当な干渉という役割において、評価すべき役割を果たしていた。インドは、ネルフ的な社会主義外交政策からさまざまな教義を転換させながら、世界に関与しようとしている。ルック・イースト（東南アジア諸国)」、「ルック・ウエスト（西アジア諸国)」、そして新たに結成された「コネクト・セントラル・アジア（中央アジア諸国)」である。しかし、こうした教義にもかかわらず、アメリカ、ロシア、フランス、ドイツ、EU、日本といった大国や、EU、BRICS、IBSA、RIC、G20、MTCR といった多国間フォーラムとの関係も重要である。インドは、ウズベキスタン（ブハラやサマルカンド）から入ってきたテュルク系の人々を起源とするデリー・スルタンやムガル王国を通じて、インドと歴史的につながりのある中央アジア地域の開拓に目を向けてきた。これらの地域との貿易も古くから盛んだった。しかし、これらの地域との重要な関係は、ソ連からこれらの国々が形成され、インドが上海協力機構に加盟し、インドと中央アジアを結びつけ、特にパキスタンも加盟した後に注目されている。

インドは多くの戦略的関係を結んでおり、特に国防と貿易の分野ではそうだ。インドとフランスとの最初の戦略的関与は、もちろん有意義な関係へと花開いた。クリーンエネルギー、科学、教育、インフラ、企業、防衛協力に関連する取引においても、ドイツはインドにとって非常に重要なパートナーである。ケララ州でイタリア海軍が 2 人の漁師を殺害し、関係が悪化したことを除けば、インドと友好的な関係にあったイタリアも、ヨーロッパの重要な国のひとつである。しかし、最近のイタリア首相の訪問と、来年迎える国交樹立 75 周年は大きな前進である。また、最近のインド指導者のスペイン、ポルトガル訪問やベルギー王室の訪問は、間違いなくインドとヨーロッパの関与にとって重要な一歩である。また、スウェーデンがメイク・イン・インディア・プログラムに大きく関与していることや、エストニアがデジタル・レジデンス・プログラムを通じてインドの若い起業家を歓迎していることは、ヨーロッパにおけるインドの足跡が大きくなっていることを物語っている。副大統領が最近訪問したポーランドなど、ヨーロッパの新興大国とインドとの活発な関わりも忘れてはならない。ヒンディー語映画、ヨガ、スパイスのソフトパワー的側面は、インドレストランでのインド料理とは別に、インドがヨーロッパと関わるための重要なツールであることは枚挙にいとまがない。インドと欧州の関係における最新の動きは、10 年以上にわたる「戦略的パートナーシップ」の行き詰まりを打破する自由貿易協定（FTA）の再交渉である。インドと EU は、教育、文化、科学において重要な協力関係を築いているが、インド洋地域やユーラシア大陸における安全保障協力では、ロシア、中国、アメリカがその役割を担っているにもかかわらず、バスに乗り遅れている。

インドとロシアとの関わりについては、冷戦時代から深い関係を共有している。ネルーの社会主義的傾向によって提唱されたソ連との関わりは、経済的な関係や深い防衛関係とは別に、文化的な交流によって新生インドの運命を形作った。ソビエト連邦という巨大な社会主義ユニットが崩壊した後、ソビエト連邦から離脱したロシアは、二国間だけでなく BRICS や RIC（ロシア、インド、中国）の下でも新たな戦略的パートナーとしてインドと交流している。インドといえば、ロシアへの依存から脱却し、アメリカやイスラエルと密接な関係を築きつつある。インドとアメリカの指導者が変わっても、インドとアメリカの継続的な友情に支障はない。国防長官が最近インドを訪問したことで、米国はアジアへの軸足構想の重要なプレーヤーとしてインドを安心させているようだ。ナレンドラ・モディ首相が初めてイスラエルを公式訪問したことで、インドの国家元首による初の公式訪問は新たな段階に突入した。しかし、インドは "現実政治 "を維持し、GCC 諸国と戦略的パートナーシップを築き、その中でも特に UAE、オマーン、サウジアラビア、カタールとの間で、慎重かつ賢明な外交ゲームを展開してきた。インドはまた、カタールとサウジアラビアの対立を避け、イランとイエメンとの対立も避けてきた。イエメンへの安定した援助や、前述のイランへの投資にもかかわらず、である。

インド首相がオーストラリアを訪問し、ニュージーランド元首相が相互訪問したほか、インドが小島嶼開発途上国会議を主催し、インフラ整備に資金を投入したことは、インドがアジア太平洋に関与する意欲を強めていることを示している。しかし、アジア太平洋で大きな力を持つ日本は、経済投資やインフラ整備の面でインドとの文化的に緊密で重要な関係を強化している。インドはまた、ASEAN 諸国とつながるために "ルック・イースト "政策を利用し、ASEAN 諸国の若者が参加する音楽フェスティバルを開催したり、来年の共和国記念日に ASEAN の国家元首を招待したりすることで、それを前進させている。これまでで最も多くの国家元首が出席することになる。しかしインドは、アジア太平洋のゲームの中で、朝鮮半島の韓国ともっともらしく関わる必要がある。ベトナムはすでに、南シナ海紛争でインドがより重要な役割を果たすよう、インドに働きかけている。今度のインド首相のフィリピン訪問は、インドが ASEAN やその先のアジア太平洋地域と関わるための重要な一歩となるだろう。

さて、アメリカに向かっている間に、インドとトルコの関係がチャンスを逃していることに触れておくことが重要である。最近のトルコのエルドアン大統領の訪問は、この2つの大国の間の冷え切った関係に少し火をつけたようだが。インドは過去 10 年間、イギリスと同じような関係を築いてきたが、植民地と被植民地の歴史があるにもかかわらず、その関係には重要なことが何もないように見える。2017 年はインドと英国の年として祝われ、MG モーターズは最近、メイク・イン・インディア・プログラムの下でインドへの投資を検討している。アメリカに向かう一方で、インド人コミュニティが存在するもうひとつの国がカナダである。カナダとは、貿易、サービス交換、さらにソフト面での協力関係を維持してきた。インドとアメリカ大陸との関係で最も見逃されがちなのは、メキシコ、キューバ、ブラジルなどの重要な国々を含むラテンアメリカとの関係だろう。2015 年にインドがメキシコを首相として訪問したことや、最近インドが米国のキューバへの押し付けに反対する姿勢を示したこと、BRICS や IBSA の下でブラジルや南アフリカとも積極的に関与していることなどが有益だった。インドはまた、アルゼンチン、チリ、ペルーなど、ラテンアメリカの他の重要な国々とも関わりを持とうとしている。インドはアルゼンチンとは経済協力で有意義な関係を築いているが、カリブ海の島々やチリ、ペルー、ボリビア、ベネズエラなどとの間にはまだ溝がある。インドがメルコスールや太平洋同盟への関与を強めることで、世界の 2 つの地域の距離を縮めようとしている。しかしインドは、インド文化評議会のもと、インドから定期的に文化部隊を派遣することで、文化的に強い賞賛を維持してきた。しかし、その関係は、変化する世界のダイナミズムの中で有意義な関係を築くための鍛錬の質を欠いている。

変化する世界において、インドは外交的な働きかけ、特にパブリック・ディプロマシーを強化する必要がある。インドは ISIS との紛争には関与しておらず、ソマリアでの最近の暴力的な攻撃についても、いかなる暴言も発していない。協力と競争に基づく "共闘関係 "を構築する上で、インドには中国に対する課題が残っている。インドはまだ長い道のりを歩んでいる。インドの前途は、国内問題、闘争、断層を克服する困難なものとなるだろうが、なかでも最も重要なのはカシミールである。縁故主義、汚職、非識字といった古くからの問題の中で、絶望の中で暮らす何百万もの人々の社会経済状況を改善することが、インドにとって大きな課題であることも忘れてはならない。メディア報道やインドに関する一般的な言説によって、インドに対する新たな活力が内外から多数派の側面から見られていることは間違いない。インドにはまだ長い道のりがあり、21 世紀の変化する世界において、自国の繁栄だけでなく、インドを仰ぎ見る国の繁栄を創造するというインドの役割の拡大を視野に入れた外交政策を考える必要がある。世界情勢におけるインドの役割という志を高く掲げよう。

世界を目指す権力と政治の力学：インドの持続可能なブランディングに合致しているか？

インドが国としてどのように形成されているかを理解することだ。国家というものを認識するのは難しいし、インドという国がどのように形成されてきたかという考え方も難しい。国民国家としてのインドがどのように発展してきたか、この考えを理解することが必要なのだ。様々な学者たちの考えを取り入れ、インドという国が時代を経てどのように形成されてきたかを考えている。本稿では、まだ育まれつつあったインドの理念について、より深く掘り下げている。

はじめに

インドの思想を動かすものインドにおける権力と政治という考え方は、国民、貧困、汚染、人口、説教という考え方に貫かれている。植民地支配からの独立後、時間の流れとともにインドが近代的な国民国家として生まれ変わるという考えは、インドのような古い文明の章に新しい葉をもたらしたことは間違いない。インドという国は、一般に第三世界主義と呼ばれる、できたばかりの国の典型的な問題に悩まされている、非常に新しい国家であるはずだ。しかし、第三世界という考え方はあまりにも還元主義的で、陳腐な議論に終始しているので、個人的にはこの記事も同じ罠にはまりたくない。この記事は、インドに独自の精神があるとすれば、それは何なのかを理解するためのものである。ユニークな憲法の原則に基づいて建国された国は、しかし多様な複雑性を持つ国である（Fernandes, 2004）。加えて、非識字、教育制度の崩壊、政治家の市民に対する説明責任が、わが国の切実な問題である。しかし、何が問題なのかわからないわけではない。解決策を見出す責任があり、インド社会はその責任を受け入れる準備ができているのだろうか。人口で世界最大の民主主義国家における民主主義という考え方は、確かに多くの疑問を投げかけたが、それにもかかわらず民主主義は存続してきた。しかし、生活の質というパラメーターはどうだろうか。汚職のない社会を求める 10 億人を超える人々の期待や、必ずしも欧米の基準に合わせる必要はない真の民主主義社会という新しい考え方は、独立から 70 年後のインドの人々にとって、本当の意味での取引なのかもしれない。インド民主主義の柱を起草したインド憲法の父は、インドに何が必要かを予見していた。真の独立のために、まず社会に公平性を導入するという方程式に関連して、予約という考え方が持ち込まれた。同じようなシナリオが、票田政治という考え方に飛び火したのである。分離独立の痛み、多様性の考え方、そしてすべての人々に本当に影響を与えるインド独立の問題こそが、インドの権力と政治を動かす原動力なのだ。キーワードに加えられるのは、インドの人々のダイナミズムだ。底知れぬ貧困の問題は、民主主義によって取り除かれるべきだが、それは悲しいことに汚職とも絡んでいる。インドのモラルを説くことは、国の力学が人々の期待に本当に共鳴しているときにのみ、共鳴される。穴ぼこや公害、腐敗した公的機関といった昔ながらの話ではない。それはまた、説明責任の力学を方程式に持ち込むことになる。インドは民主主義を障害ではなく強みにしなければならないが、それは教育、健康、法律、社会的ケアに関連する政策によってのみもたらされる。

経済の政治を通して、バーラトやインドをブランド化する：無名の、評価されていない、歌い継がれていない多くの英雄たちの肩の上で働いているインドのアイデア。インドのパワープロジェクションを理解するために、まず貿易から始めよう。貿易という考え方は、その国の政治経済にとって何をもたらすかを理解する上で最も重要である。インドは現在、GDP ランキング上位 7 カ国のうち 5～7 位を占めており、2025 年までに 3 位以内に入ることを目指している。しかし、最も重要な問題は、インドがブランディングのために経済力をどこに示す必要があるのか、そしてそれをどのように実現してきたのかということである。国際的なフォーラムにおけるインドのロビー活動については、モディ首相が国際的なフォーラムに出席し、インドへの投資を決定するためのキャンペーンを展開したことは、もはや秘密ではなく、むしろ既成事実となっている。インドは世界最速の経済成長を達成したが、インドの貿易が実際に経済を牽引しているかどうかが最も重要な問題である。インドの人口ボーナスは、それを適切な労働力に変えない限り、深刻な問題になりかねない（Khodabakhshi, 2011）。現在、政治経済の強化に関連するインドの新法制定に焦点を当てようとしているインドの政治状況。これには、新しく導入された破産法や、古くからのインドの経済的欠陥の足かせを外そうとする労働法改革が含まれる。インド経済にとって、先見の明を持つことは非常に重要であり、そのためには国の若い労働力を育成する必要がある。インドは残念ながら、商業化され、教育を貧困から逃れるための入り口として利用する教育の上に成り立っている。インドには膨大な数のエンジニアや科学者がいるが、世界標準に必要な質と研究活動は達成されているのだろうか？そこで、自国の企業とは別にインドに投資している多国籍企業について考えてみたい。バンガロールのエアバスや、VIVO、OPPOなどの中国企業など、研究ベースの革新的なセンターが誕生している。しかし、インドは、他の経済国のような単なる労働力ではなく、熟練した資源を持つ総合的な国としてのイメージを獲得しようとしていることに焦点を当てるべきである（Harish, 2010）。単なる組み立てや労働力のプールという考え方も重要だが、産業革命 4.0 として知られる現代の産業革命の利用によって補完されるのであれば。発展途上国からの成長エンジンは、東アジアから始まり、東南アジア、そしてもちろん中国とインドという 2 大巨頭が牽引してきた。しかし、サービス志向の経済が国を牽引し、経済成長国としての姿を映し出してきたという意味で、インドはユニークな存在である。インドは周期的な景気減速に苦しんでいるが、それは自然なことであり、投資サイクルが到来する必要がある。このシナリオでは、インドの零細企業（Small, Micro, Medium Enterprises）の一部である零細貿易部門が、大規模投資の焦点となるはずである。アマゾンやウーバーなどは、インドの経済的な願望にとっても非常に重要であるため、これらの部門に注力している。インドは国家ブランディングの理念を推し進める必要があるが、すでにいくつかの抜け穴が存在する以上、それは不可能だ。経済成長は底辺と生活の質にまで浸透する必要がある。ここで問題なのは、政治と政策におけるパワープロジェクションである。インドの政治はいまだにカースト格差に苦しんでいるが、これは長年の社会経済現象であり、政治と権力闘争が開発に関係する国内志向のプロセスの内部政策を調整するには、おそらく多くの時間がかかるだろう（Mooij, 1998）。投資を含む貿易政策から見ると、インドは国内産業を保護する一方で、I.T.や製薬などを除いてグローバル市場に対する競争力を高めていない。インドの衣料品・繊維産業の状況は、輸出志向政策の近代化という大局を理解するよりも、中小セクターの宥和政治が優先してきたという事実を明確に物語っている。したがって、政治経済の面でインドの政策が世界の願望に沿うことは非常に重要である。インドの経済は、複雑で挑戦的な問題を抱えているばかりでなく、インドの政治の考え方はいまだに農村的で、より退嬰的な性質を持っているようだ。技能開発、人工知能の活用、そしてインドの経済的パラメーターの開発という考えは、インドではどちらかというと政策志向の政治である。政府やトップの単なる美辞麗句は、インドにとってそれほど素晴らしいものではないことを理解すべき時かもしれない（Brass, 2004）。インドの政治経済は、農村部からより都市部へのアプローチへと徐々に移行している。しかし、量子的な飛躍のように見えるが、将来的に致命的となりうる深い溝を残している可能性もある。したがって、インドの政治経済の考え方は、おそらくインドの政治から生み出されるインドのブランドイメージにあるのだろう。西ベンガル州やケーララ州のような特定の州の政治は、社会経済的なパラメーターの発生とともに、非常に農業を基盤としたモデルとなっていた。一方、カルナタカ、マハラシュトラ、パンジャブ、ハリヤナ、ラジャスタン、グジャラートには、農民政治とカースト政治に囲まれた工業地帯があり、これがさらに厄介である。そのため、インドの政治経済という考え方は、それぞれの州が独自の思惑を持つ多様なものとなっている。ただ、国力の投射という全体的な意味において、またインドにおける政治という普遍的な考えを作り上げるという意味において、複雑になるだけだ。独立から今日に至るまでの疑問は、多様性の中の独自性を通して、いかにして統一性を持たせることができるかという理解に基づいている。インドの選挙は、政治と権力の根源がインド経済にとっていかに重要であるかを示す典型的な例である。そこで、インド政界で話題になっているのが、インド経済の成長について胸を張ることだ。

インドにおける成長の持続可能性の問題 インドの最大の問題は、富の分配に大きな格差があることです。インドの過去 70 年間の成長は、憲法の福祉や貧困政治の理念にもかかわらず、慢性的な貧困の核心に触れることができていない。インドが貧困から人々を救い出さなかったわけではないが、そのような人々の数はごくわずかであり、また、インドの「典型的な中産階級」ともてはやされる層の塊であり、アッパーミドルクラスを含むハイエンドの人々ではない。インドの貧困は、何世紀にもわたって物質主義的な概念から存在してきたが、インドの政治経済は現在、ハイブリッドな形態を取っている（Varshney, 2000）。ひとつは、インドの農村部や経済的に恵まれない地域から移り住んできた人々の、都市の貧困政治である。課題は、長期にわたって成長し続けることだ。スラムにおける都市の貧困と過重な都市負担は、疎外、ゲットー化、カースト偏見（Aghion and Bolton,1997）の概念をもたらす政治の戦いであった 。インド経済とそれに関連する政治的な課題の中で、インドの成長という考え方が、おそらく人間生活の発展へと転換していく必要があるのだろう。そして、上質なライフスタイルへの憧れに関連する都市そのものの課題という問題が出てくる。インドの都市は、安全対策の欠如による火災、排水の問題による雨による洪水、そして最も重要なことだが、悪名高いインドの交通渋滞と都市内の混雑のために、常に最前線にある。このような問題は、政治のメインストリームにはないが、取り上げられつつある。しかし、これらは、品質と開発水準の面で真剣に向上している国として名を残すための、非常に重要な品質パラメーターである。インド政治の大半を占める封建的な考え方は、もっと早く変える必要がある。貧困の政治は不変だが、その意味と願望はRoti, Kapda aur Makaan（食料、衣服、住居）から教育、技能開発、そして最も重要なインドの雇用問題へと変化した。しかし、インドの政治とそのグローバルパワーへの願望は、農村経済という大局を抜きにしては語れない。都市化が急速に進んでいる国だが、いまだに農耕経済が続いており、農村部の人々はカーストや生活の質の低さ（ミニマリズムや消費主義の改善を除く）といった根深い問題を抱えている。インド経済は今、新たな方向へ進もうとしている。その中には、インド経済のデジタル化だけでなく、デミセット化によるインドの再金融化という政治や政策も含まれている。最も重要なことは、批判はあるにせよ、銀行口座が全国民に利用されるようになることは、素晴らしい一歩だということだ。インド憲法に謳われている福祉国家の達成を理解する上で、インド経済は長い道のりを歩んできた。もちろん、汚職や封建的な権力構造に汚染された公共サービスのラストワンマイル分配には、数多くの課題がある。英領ラージ植民地時代のシステムは、インドにとって東洋と西洋のハイブリッド化へと変化し、政治経済のシステムも変化した(Tilak,2007) 。カースト制度や、州議会があるにもかかわらず中央が財政権を握っているというインドの一人勝ちの考え方は正す必要がある。インドは世界的な役割を目指しているかもしれないが、いくつかの州における指標は、サハラ以南のアフリカと比べても悲惨だ。これらの州を中央に統合し、自治権と財政の説明責任を与えるという考えは非常に重要である。ビハール州やウッタル・プラデシュ州のような州では、カースト層からの厳しい権力ロビーがあり、下層カーストにとっての基本的なアメニティや人間としての尊厳がいまだに疑問視されている。インドは、巨大な所得格差があるにもかかわらず、比較的平静を保っているにもかかわらず、実に驚くべきことである。おそらく、民主主義の安全弁が依然として重要であると考えられているからであろう（Demetriades and Luintel,1996）。しかし、インドの政治経済と社会経済的に疎外された部分について言えば、ナクサリズム、経済的繁栄に関連する地域主義、インドにおける州間移動の規制といった問題は、非常に深刻な課題のひとつである。インドの政治は、こうした問題を中心に展開され、ほとんど国政レベルには達していない。ここ数年、国家面では農業政策の見直し、産業・労働法改革、税務コンプライアンス、不良資産削減、国防予算編成などがインド政治の脚光を浴びてきた。これはまさに、ミクロとマクロの両方の観点から、その国の国内経済政策を構築する中核的な要素である。しかし、教育、技能開発、医療インフラ、公共施設の改善といった根深い問題は、これらすべての要因が混ざり合って混沌としているように見える。インドは BRICS 諸国の中でも教育と保健に費やされる GDP が非常に低く、特定の保健指標では改善を示しているにもかかわらず、他の多くの保健分野では遅れをとっているのは残念なことである(Bosworth and Collins,2008)。医師不足、子供の死亡率など、インドの主流政治が脚光を浴びることはない。インドの今世紀とこれからの経済に関する政治的ビジョンは、構造改革に基づく必要がある。政治的枠組みを通じた構造改革を念頭に、インド経済の近未来のビジョンと使命を理解することである。

インドの持続可能なブランディングに必要な政治的ランドスケープと改革の分析

インドの政治構造という考え方は、権力構造に関連するシステムを理解する上で重要である。論文のタイトルがすでに示唆しているように、政治という概念は権力構造と相互に関連している。インドの世界的な願望は、その民主的な基盤が世界に受け入れられることにあるが、これにはいくつかの疑問が投げかけられている。インドにおける政治という考え方は、社会から疎外されているという問題や、いまだに政治機構を支配しているインドの階層的な権力構造と直結している（Bose and Jalal, 2009）。インドにおける政治という考え方は、東洋的なものと西洋的なものの混成であり、どちらもきちんとした形にはなっていないようだ。イギリス領ラージ経済学の概念は、インドの奇妙な政治経済シナリオをもたらし、イギリス領ラージ以前のインドの封建制度が、西インドに適応した種類の政治制度に姿を変えて、今日に至っている。宗教、カーストというインドの政治の根幹をなす問題には、インド社会を政治的に前進させてきた多くの権力構造があり、それが長い年月をかけてインドのイメージを作り上げてきた。インドの政治が民主主義に基づいて構成されているのは事実だが、インドの政治の浸透はカーストや宗教の構造に由来している。インドの権力と政治もまた、ビジネスの考えを後押ししている。インドにおけるビジネスは、インドの政治体制の壁を打ち破った一部の初起業家を中心に、ほとんどが家族ベースで行われてきた。インドで最も強力な権力構造である政治と官僚の結びつきが、インド政治の中心的な焦点であることは、最近になって明らかになった（Jenkins, Kennedy and Mukhopadhyay 2012）。インドは、世俗主義という力学が、インドの歴史的伝統が 2 千年にわたって築かれてきた主な現実とは相容れない、いくつかの政治的なポイントを持つ思想である。インドが過去 70 年間、西洋の伝統を押しつけ、それを取り入れてきた国のイメージを描いているのは事実だ。インドの思想は進化し、政治も進化してきた。しかし、政治の基本的な考え方は、カーストや宗教と同様に、地域主義を中心に機能してきた。その最新のものが、NRC（全国市民登録）という形で、アヨーディヤやイスラム教の宗派主義という古くからの政治から離れて変容したところである。インド全土に広がるレッドベルトのナクサルの暴力的反乱や、より大きなキャンバスでインドの政治を動かしている分離独立の動きは言うまでもない。インドをブランド化する 70 年以上の使命は、インド政治の不協和音に由来するところが大きい（Mukerjee, 2007）。インド政治が万華鏡のように変化しているからこそ、民主主義政治とされる感覚から、インドがどのように自らを見つめる必要があるのか、そのアプローチが決まるのだ。

医療ツーリズムでインドをブランド化するというアイデアを推進

インドにおけるブランディングの考え方は、人々、貧困、公害、人口、道徳的な説教という考え方に貫かれている。植民地支配からの独立後、時間の流れとともにインドが近代的な国民国家として生まれ変わるという考えは、インドのような古い文明の章に新しい葉をもたらしたことは間違いない。インドという国は、一般に第三世界主義と呼ばれるような、国民国家システムのもとで形成されたばかりの国の典型的な問題に悩まされている、非常に新しい国民国家であるはずだ。ユニークな憲法の原則に基づいて建国された国だが、多様な複雑性を持つ国である(Fernandes, 2004) 。しかし、第三世界という考え方はあまりに還元主義的で、陳腐な議論に終始しているため、個人的には医療ツーリズムに関連するこの章では、同じ罠にはまりたくないと考えている。この章では、インドに独自の精神があるとすれば、それは何なのかを理解することを目的としている。ユニークな憲法の原則に基づいて建国された国は、しかし多様で複雑な国である。さらに、非識字、教育制度の崩壊、政治家の市民に対する説明責任が、わが国の切実な問題である。しかし、何が問題なのかわからないわけではない。そして、インド社会はその責任を受け入れる準備ができているのだろうか？人口で世界最大の民主主義国家で安価な医療ツーリズムというアイデアは、確かに多くの疑問を投げかけたが、あらゆる疑問や課題にもかかわらず、それは存続している。しかし、医療の質、腐敗のない社会を求める 10 億人以上の人々の期待、そして必ずしも西洋の基準に適合しない、真にユニークな医療行為という新しい考え方は、独立から 70 年後のインドの人々にとって本物かもしれない。インド民主主義の柱を起草したインド憲法の父は、インドに何が必要かを予見していた。真の独立のために、まず社会に公平性を導入するという方程式に関連して、予約という考え方が持ち込まれた。同じようなシナリオが、票田政治という考え方に飛び火したのである。分離独立の痛み、多様性の考え方、そしてすべての人々に本当に影響を与えるインド独立の問題こそが、インドの権力と政治を動かす原動力なのだ。キーワードに加えられるのは、インドの人々のダイナミズムだ。しかし、この章では医療ツーリズムを通じたインドのブランディングを扱っている。底知れぬ貧困の問題は、民主主義によって取り除かれるべきだが、それは悲しいことに汚職とも絡んでいる。そのような中、インドは医療制度に課題があるにもかかわらず、逆説的ではあるが、欧米よりもはるかに安い費用で世界最高の医療センターがある国として注目されている。インドのモラルの高さを説くのは、国の力学が人々の期待に本当に共鳴しているときだけだ。穴ぼこや公害、腐敗した公的機関といった昔ながらの話ではない。それはまた、説明責任の力学と、医療ツーリズムを通じた独自の立ち位置という考え方を方程式に持ち込むことになる。インドでは、医療インフラ、法律、社会的ケアなど、医療ツーリズムに関連する政策が、時代のダイナミックな性質への変化し続ける期待という考えに基づき、成長するあらゆる障害に対して、ユニークな医療行為や民間医療セクターの有能な医療プールを通して、その強みを最大限に活用してきた。インドの人口ボーナスは、それを適切な労働力に変えない限り、深刻な問題になりかねない（Khodabakhshi, 2011）。

無名の、評価されていない、歌い継がれていないヒーローたちの肩の上で働いているインドのアイデア。インドのパワープロジェクションを理解するために、まず貿易から始めよう。貿易という考え方は、その国の政治経済にとって何をもたらすかを理解する上で最も重要である。インドは現在、GDPランキング上位7カ国のうち5～7位を占めており、2025～2030年までに上位3カ国に入ることを目指している。しかし、最も重要な問題は、インドがその経済力をどこで発揮する必要があるのか、そしてそれをどのように実現してきたのかということだ。国際的なフォーラムにおけるインドのロビー活動については、モディ首相が国際的なフォーラムに出席し、インドへの投資を決定するためのキャンペーンを展開したことは、もはや秘密ではなく、むしろ既成事実となっている。インドは世界最速の経済成長を達成したが、インドの貿易が実際に経済を牽引しているかどうかが最も重要な問題である。インドの医療観光配当は、適切な労働力に変わる重大な潜在力になり得る。しかし、インドは、他の経済国のような単なる労働力ではなく、熟練した資源を持つ総合的な国としてのイメージを獲得しようとしていることに焦点を当てるべきである（Harish, 2010）。現在、政治経済の強化に関連するインドの新法制定に焦点を当てようとしているインドの政治状況。これには、新しく導入された破産法や、古くからのインドの経済的欠陥の足かせを外そうとする労働法改革が含まれる。しかし、インド経済が先見の明を持つことは非常に重要であり、そのためには国の医療ツーリズム産業を発展させる必要がある。インドの医療ツーリズムといえば、バングラデシュやスリランカといった近隣諸国や、イギリスなどの西側諸国からの患者が最も多い。インドは残念ながら、商業化され、教育を貧困から逃れるための入り口として利用する教育の上に成り立っている。インドには膨大な数のエンジニアや科学者がいるが、世界標準の医療に必要な質と研究活動は達成されているのだろうか？そこで、自国の企業とは別にインドに投資している多国籍企業について考えてみたい。バンガロールのエアバスや、VIVO、OPPO などの中国企業など、研究ベースの革新的なセンターが誕生している。しかし、インドが他の経済圏のような単なる労働力ではなく、熟練したリソースを持つ総合的な国としてのイメージを獲得しようとしていることに焦点を当てるべきである。特にアーユルヴェーダが盛んなケララ州の医療ツーリズムは世界中に広がっている。ネイマール Jr.のようなサッカーのスター選手も、FIFA ワールドカップで命にかかわる怪我をした後、治療のためにケララを訪れた。単なる組み立て工場や労働力のプールとしてのインドという考え方も重要だが、産業革命 4.0 として知られる現代の産業革命の利用によって補完されるのであれば。発展途上国からの成長エンジンは、東アジアから始まり、東南アジア、そしてもちろん中国とインドという 2 大巨頭が牽引してきた。しかし、サービス志向の経済が国を牽引し、経済成長国としての姿を映し出してきたという意味で、インドはユニークな存在である。インドの政治はいまだにカースト格差に苦しんでいるが、これは長年の社会経済現象であり、政治と権力闘争が開発に関係する国内志向のプロセスの内部政策を調整するには、おそらく多くの時間がかかるだろう（Mooij, 1998）。インドが循環的な景気減速に苦しんでいるのは、当然のことだが、投資サイクルを回す必要がある。このシナリオでは、インドの零細企業（Small, Micro, Medium Enterprises）の一部である零細貿易部門が、大規模投資の焦点となるはずである。しかし、それだけでなく、医療ツーリズムが巨大な投資分野に適合する産業であることも見逃せない。特に、主要な投資先としてのインドのブランディングのために。アマゾンやウーバーなどが研究部門への投資に力を入れているのは、インドの経済的な願望にとっても非常に重要だからです。インドは国家ブランディングの理念を推し進める必要があるが、すでにいくつかの抜け穴が存在する以上、それは不可能だ。経済成長は底辺と生活の質にまで浸透する必要がある。ここで問題となるのは、政治と政策におけるパワープロジェクションである。この章は医療ツーリズムに関連しているため、そのダイナミクスを理解することは重要であり、多次元的である。インドの政治はいまだにカースト格差に苦しんでいるが、これは長年にわたる社会経済的な現象であり、政治と権力闘争が開発に関連する国内志向のプロセスの内部政策を調整するには、おそらく多くの時間がかかるだろう。投資を含む貿易政策から見ると、インドは国内産業を保護する一方で、I.T.や製薬などを除いてグローバル市場に対する競争力を高めていない。インドの衣料品・繊維産業の状況は、輸出志向政策の近代化という大局を理解するよりも、中小セクターの宥和政治が優先してきたという事実を明確に物語っている。したがって、政治経済の面でインドの政策が世界の願望に沿うことは非常に重要である。インドの経済は、複雑で挑戦的な問題を抱えているばかりでなく、インドの政治の考え方はいまだに農村的で、より退嬰的な性質を持っているようだ。技能開発、人工知能の活用、そしてインドの経済的パラメーターの開発という考えは、インドではどちらかというと政策志向の政治である。政府や首脳の単なる美辞麗句は、インドにとってそれほど素晴らしいものではないことを理解すべき時なのかもしれない。政府やトップの単なる美辞麗句は、インドにとってそれほど素晴らしいものではないことを理解すべき時かもしれない（Brass, 2004）。インドの政治経済は、農村部からより都市部へのアプローチへと徐々に移行している。しかし、量子的な飛躍に見えるかもしれないが、将来的に致命的となりうる深い溝を残している可能性もある。したがって、インドの政治経済の考え方は、おそらくインドの政治から生み出されるインドのブランドイメージにあるのだろう。西ベンガル州やケーララ州のような特定の州の政治は、社会経済的なパラメーターの発生とともに、非常に農業を基盤としたモデルとなっていた。しかし、これらの州はそれぞれバングラデシュや湾岸諸国から多くの医療患者を受け入れている。一方、カルナタカ、マハラシュトラ、パンジャブ、ハリヤナ、ラジャスタン、グジャラートには、農民政治とカースト政治に囲まれた工業地帯があり、これがさらに厄介である。しかし、これらの地域では、世界クラスの民間医療機関も発達している。そのため、インドの政治経済という考え方は、それぞれの州が独自の思惑を持つ多様なものとなっている。国力投射という全体的な意味において、またインドにおける医療ツーリズムのブランディング政策という普遍的な考えを作るという意味において、複雑になるだけだ。独立から今日に至るまでの疑問は、多様性の中の独自性を通して、いかにして統一性を持たせることができるかという理解に基づいている。インドの貧困は、何世紀にもわたって物質主義的な概念から存在してきたが、インドの政治経済は現在、ハイブリッドな形態を取っている（Varshney, 2000）。インドの選挙は、政治と権力の根源がインド経済にとっていかに重要であるかを示す典型的な例である。インドの政界は、インド経済の成長について胸を張っているが、やがてインドで成長するニッチな医療ツーリズムと結びつけることができるのだろうか？

インドにおける成長の持続可能性の問題 インドの最大の問題は、富の分配に大きな格差があることです。インドの過去 70 年間の成長は、憲法の福祉や貧困政治の理念にもかかわらず、慢性的な貧困の核心に触れることができていない。インドが貧困から人々を救い出さなかったわけではないが、そのような人々の数は微々たるものであり、また、インドの "典型的な中産階級 " ともてはやされる層であって、アッパーミドルクラスを含むハイエンドの人々ではない。インドの貧困は、何世紀にもわたって物質主義的な概念から存在してきたが、インドの政治経済は現在、ハイブリッドな形態をとっている。スラムにおける都市の貧困と過重な都市負担は、疎外、ゲットー化、カースト偏見（Aghion and Bolton,1997）の概念をもたらす政治の戦いであった 。ひとつは、インドの農村部や経済的に恵まれない地域から移り住んできた人々の、都市の貧困政治である。課題は、長期にわたって成長し続けることだ。スラム街における都市の貧困と過重な都市負担は、政治の戦いであり、疎外、ゲットー化、カースト偏見の概念ももたらしている。インド経済とそれに関連する政治的な課題の中で、インドの成長という考え方が、おそらく人間生活の発展へと転換していく必要があるのだろう。しかし、すでに述べたように、インドはハイブリッド構造を持っている。そして、上質なライフスタイルへの憧れに関連する都市そのものの課題という問題が出てくる。インドの都市は、安全対策の欠如による火災、排水の問題による雨による洪水、そして最も重要なことだが、悪名高いインドの交通渋滞と都市内の混雑のために、常に最前線にある。同様に、Dr. Devi Shetty の Narayana Hrudalaya のような世界クラスの施設は、手頃な価格の世界クラスの医療のダイナミクスを変えた。医療費負担の問題は、インドだけでなく世界的に盛り上がっているが、インドの政治の主流にはまだなっていない。しかし、これらは、品質と開発水準の面で真剣に向上している国として名を残すための、非常に重要な品質パラメーターである。英領ラージ植民地時代のシステムは、インドとその政治経済システムにおいて、より東洋と西洋のハイブリッド化へと変化した（Tilak, 2007）。インド政治の大半を占める封建的な考え方は、もっと早く変える必要がある。貧困政治は不変であるが、その意味と願望は Roti, Kapda aur Makaan（食料、衣服、住居）から教育、技能開発、そして最も重要なインドの雇用問題へと変化した。しかし、インドの政治とそのグローバルパワーへの願望は、農村経済という大局を抜きにしては語れない。都市化が急速に進んでいる国だが、いまだに農耕経済が続いており、農村部の人々はカーストや生活の質の低さ（ミニマリズムや消費主義の改善を除く）といった根深い問題を抱えている。インド経済は今、新たな方向へ進もうとしている。その中には、インド経済のデジタル化だけでなく、デミセット化によるインドの再金融化という政治や政策も含まれている。最も重要なことは、批判はあるにせよ、銀行口座が全国民に利用されるようになることは、素晴らしい一歩だということだ。インド憲法に謳われている福祉国家の達成を理解する上で、インド経済は長い道のりを歩んできた。もちろん、汚職や封建的な権力構造に汚染された公共サービスのラストワンマイル分配には、数多くの課題がある。植民地時代の英領ラージのシステムは、インドとその政治経済システムにおいて、より東洋と西洋のハイブリッド化へと変化した。カースト制度や、州議会があるにもかかわらず中央が財政権を握っているというインドの一人勝ちの考え方は正す必要がある。インドは世界的な役割を目指しているかもしれないが、いくつかの州における指標は、サハラ以南のアフリカと比べても悲惨だ。これらの州を中央に統合し、自治権と財政の説明責任を与えるという考えは非常に重要である。ビハール州やウッタル・プラデシュ州のような州では、カースト層からの厳しい権力ロビーがあり、下層カーストにとっての基本的なアメニティや人間としての尊厳がいまだに疑問視されている。インドは、巨大な所得格差があるにもかかわらず、比較的平静を保っているにもかかわらず、実に驚くべきことである。おそらく、民主主義の安全弁がいまだに重要だと考えられているからだろう（Demetriades and Luintel,1996）。しかし、インドの政治経済と社会経済的に疎外された部分について言えば、ナクサリズム、経済的繁栄に関連する地域主義、インドにおける州間移動の規制といった問題は、非常に深刻な課題のひとつである。インドの政治は、こうした問題を中心に展開され、ほとんど国政レベルには達していない。ここ数年、国家面では農業政策の見直し、産業・労働法改革、税務コンプライアンス、不良資産削減、国防予算編成などがインド政治の脚光を浴びてきた。これはまさに、ミクロとマクロの両方の観点から、その国の国内経済政策を構築する中核的な要素である。しかし、教育、技能開発、医療インフラ、公共施設の改善といった根深い問題は、これらすべての要素が混ざり合って混沌としているように見える。インドは BRICS 諸国の中でも教育や保健に費やされる GDP が非常に低く、特定の保健指標では改善が見られるものの、他の多くの保健分野では遅れをとっているにもかかわらず、残念なことである（Bosworth and Collins, 2008）。医師不足、子供の死亡率など、インドの主流政治が脚光を浴びることはない。インドの今世紀とこれからの経済に関する政治的ビジョンは、次の章で取り上げる構造改革に基づく必要がある。医療ツーリズムを通じて、インド経済の近未来のビジョンと使命を理解することだろう。

医療ツーリズムに関連する政治と権力 インドの政治構造に関する考え方は、権力構造に関連するシステムを理解する上で重要である。論文のタイトルがすでに示唆しているように、インドにおける医療ツーリズムの考え方は、権力構造や政治と相互に関連している。インドの世界的な願望は、その民主的な体制とパワー・プロジェクションが世界的に受け入れられることにあるが、上記のようにいくつかの分野で疑問が投げかけられている。インドにおける政治という考え方は、社会から疎外されているという問題や、いまだに政治機構を支配しているインドの階層的な権力構造と直結している（Bose and Jalal, 2009）。インドにおける政治という考え方は、社会から疎外されているという問題や、いまだに政治機構を支配しているインドの階層的な権力構造と直結している。インドにおける政治という考え方は、東洋的なものと西洋的なものの混成であり、どちらもきちんとした形にはなっていないようだ。英国ラージ経済学の概念は、インドの奇妙な政治経済シナリオをもたらしたが、それは今日でも続いており、英国ラージ以前のインドの封建制度は、西洋とインドが適合した種類の政治制度へと変化している。宗教、カーストというインドの政治の根幹をなす問題には、インド社会を政治的に前進させてきた多くの権力構造があり、それが長い年月をかけてインドのイメージを作り上げてきた。インドの政治が民主主義に基づいて構成されているのは事実だが、インドの政治の浸透はカーストや宗教の構造に由来している。インドの権力と政治もまた、ビジネスの考えを後押ししている。インドでのビジネスは、インドの政治体制の壁を打ち破った一部の初起業家を中心に、ほとんどが家族ベースで行われてきた。インドで最も強力な権力機構である政治と官僚の結びつきが、インド政治の中心的な焦点となっているのは、最近になってのことだ。インドは、世俗主義という力学が、インドの歴史的伝統が 2 千年にわたって築かれてきた主な現実とは相容れない、いくつかの政治的なポイントを持つ思想である。インドが過去 70 年間、西洋の伝統を押しつけ、それを取り入れてきた国のイメージを描いているのは事実だ。インドの思想は進化し、政治も進化してきた。しかし、政治の基本的な考え方は、カーストや宗教と同様に、地域主義を中心に機能してきた。その最新のものが、NRC（全国市民登録）という形で、アヨーディヤやイスラム教の宗派主義という古くからの政治から離れて変容したところである。インドで最も強力な権力構造である政治と官僚の結びつきが、インド政治の中心的な焦点であることは、最近になって明らかになった（Jenkins, Kennedy and Mukhopadhyay 2012）。中部から東部に広がるインドの赤いベルト地帯では、ナクサルの暴力的な反乱が発生し、カシミールや北東部でも分離独立運動が起こっている。これがインドの政治を動かし、経済や社会的枠組みに関連するインドの権力構造を今日まで受け継いできたのである。同様に、医療ツーリズムには政治と権力構造の結びつきがあり、病院への入院、血液バンクへのアクセス、そしてつい最近までは代理母出産という形で医療ツーリズムの補助的な形態があった。だからこそ、この章では医療ツーリズムの核となる力学に焦点を当てなかったのである。この章では、医療ツーリズムの核となる考え方や、インドの国家ブランディングという考え方を迂回して、多くの観点から話を進めている。それは、インドが世界クラスの医療インフラを利用できる唯一の国のひとつだからだ。しかし、すでに説明したように、質の高い医療を受けるという考えには、多くの中核的な権力構造と政治が絡んでいる。インドは医療ツーリズムをソフトパワーの誇示として、また自国をブランド化するために利用してきた。政治的、経済的、社会的要因の考え方は、インドにおける医療ツーリズムとそれにつながる全体的な付随要因の視点をもたらすために網羅されている。インドの医療ツーリズムとそのブランディング・エクイティを結びつけるアイデアは、総合的に判断される。インドをブランド化する 70 年以上の使命は、インド政治の不協和音に由来するところが大きい（Mukerjee, 2007）。

インドとは広大な土地のことで、私たちが現在のような政治的領土を手に入れる以前から、集合意識の中に存在していたと多くの人が主張している。このように、インドは文化の万華鏡から生まれた子供なのである。この点で、インドは文字通りすべての文明の母と呼ぶことができ、ここではインダス渓谷文明のことだけを言っているのではない。最近の発見は、インダス渓谷に先行して、ある種のドラヴィダ文明が存在したことを示唆している。この点で、私たちがコロニアルの恥部を背負っていると言っていることを、最初に明確にしておこう！私にとっては全くのゴミだ。これは盲目的なジンゴイストとして言っているのではなく、現在のインドがどのようなもので、どのように誕生したかを理解するための常識を適用しても、同じ答えに行き着くだろう。インドが生まれたのは植民地化のためではなく、植民地化の最終的な結果としてである。本書の冒頭で、私はインドが広大な集団性の海として存在していると述べた。このことは、インドについて書いているときに、他の学者たちでさえ言及している。インドがすべての文明の母であるということになると、この件で私を攻撃しようとする人も多いだろう。ちょっと待ってくれ。実際、チグリス・ユーフラテス川のほとりには、インダス川よりも古いとされるシュメール文明やメソポタミア文明が、バビロニア人の集団思想の上に並立していた。しかし、南インドのドラヴィダ文明と述べたように、ドラヴィダという名前が使われている以上、その地域はインド半島に属するものであることは明らかである。つまり、インドには、今日インドと呼ばれる国土の上に、そしてさらにその先にも、同時期に収束と分岐を繰り返した文明が数多く存在するということだ。世界史で語られる他の古い文明では、一般的にこのようなことはない。これには中国、エジプト、メソアメリカンなどが含まれる。インドの影響力は確かに世界にはあるが、フランス、ドイツ、イタリア、スペインなどの国家に比べれば世界には及ばない、と言う人は多い。私は個人的にヨーロッパの国家を賞賛しているが、世界におけるインドの影響力について答えるのは後になるだろう。その前に、なぜインドがこのようなカオスで文化的無政府状態なのか、そこには明確な文化的秩序は存在せず、実際には万華鏡のようにさまざまな文化が混在しているのか、ということにまず答えなければならない。インドでは、インド以外の国でも、インドについて書かれた本がたくさんある。シンプルで短い言葉でインドを理解し、人々が望むように説明することができる。古代以来、今日のインドを過去から作り、変容させてきたのは、まさにこのインドの流動的な性質である。それがバーラトであれ、ジャンブドウィパであれ、インダスであれ、インドであれ、文化的なしっぺ返しの波がインドを襲い、またある種の残滓を残した海のように戻ってきた。このように、国境のない時代から現在の国境のある世界まで、原住民と移民と呼ばれる人々が混在していることは、インドがなぜ、そしてどのように創られたのかを進化させ続けているのである。インドは、言語的アイデンティティに基づく多くの文化が確立された国である。このようにしてインドの州は形成されたのだが、これは世界でも珍しいことで、言語に基づいて国や国家の中に州ができた例は、おそらく世界のどこにもないだろう。唯一の類例は、言語的アイデンティティとプライドに基づいて独自の主権的存在を切り開いてきたヨーロッパ諸国だろう。言語的な誇りとアイデンティティといえば、多くの理由で嫌われ、近代にはインドの一部ではないことを願われたビハール州から始めよう。しかし、インドの歴史は、ビハール州とその輝かしい過去についての議論なしには不完全である。もしビハール州がインドの一部でなかったら？これは、特にビハール州が非常に後進的で遅れているため、ビハール州を追い出したいと考えている今日の多くのインド人に共通する質問かもしれない。しかし、本当の問題は、ビハール州は今日の時代にどこから来たのかということにある。Chandragupta Maurya の規則か Gupta 帝国に私達が今日それを知っているようにすべてにビハールの州で確立があった。ビハール州の現代状態への 16 Mahajanapadas からのビハール州の起源は私達がインドの歴史を見るとき非常に驚く旅である。今日のビハール州は、論争と貧困に関連する多くの困難に陥っている。しかし、この州を見るとき、人はこの州の輝かしい過去と、インドの遺産と伝統の創造におけるその役割を忘れることはできない。マウリヤ朝の支配と、ナーランダ、タキシラ、ヴィクラムシラといったインド最古の大学の設立は、すべて歴史に刻まれている。インドのアイデンティティを解明しようとするとき、私たちはいつも、インドがどのような存在であったかという疑問に行き着く。今日のビハール州の問題では、ベンガル州とオディシャ州から分離した言語ベースの州に過ぎない。しかし、インドの歴史という観点から見れば、ビハール州が果たした役割は、今日の同州の悲しい物語を超えて辿られる必要がある。ビハール州からの出稼ぎ労働者は、非常に長い間、インド国内外を転々としていた。だから今日、ビハール州の状態とその文化的影響は、現代だけからは計り知れない。ビハール州がどのように変化し、特にイギリスによる植民地支配の影響が州を完全に変えたかを理解する必要がある。ビハール州はかつて文化や芸術の最前線にあったが、今日では近代的な社会指標に遅れをとっている。ビハール州の政治システムは、人々の期待を前進させることができなかったのだから。カースト制度や封建的な考え方など、過去の悪習が残っている。しかし、過去におけるビハール州の役割は、探究心に最も偉大な数学者の一部が含まれています。しかし、ビハール州が崩壊し始めたとき、何が起こったのかという疑問が生じる。その答えは、すでに述べたように、政治体制と近代的な教育の流れの欠如にある。これらは、工業化の近代的なペースが現代のニーズに追いついていない要因であり、ビハール州を今日、後進性の瀬戸際に追いやっている。文化の流れは、国家を理解するための単なるポイントのひとつであることを忘れてはならない。人々のあり方や仕事の進め方も同様だ。ビハール州はかつて、大帝国とその語られざる遺産が築かれたインド文明十字路の発祥地だった。独立直前の数十年間と独立後の数十年間は、封建的なメンタリティに縛られ、かつては国家そのものに存在した西側諸国ではないとはいえ、民主主義の原則に基づいた統治を行えない国家が誕生してしまった。ビハール州の人々は、インドの多くの地域で嫌われながら戦ってきたが、その回復力のためにインドの多くの人々に賞賛されてきた。そこで、教育の役割と近代的な思考プロセスを強調する必要がある。ビハール州の現在の統治は、多くの進歩的な政策に着手しているが、インドの魂のように、素朴で伝統的な慣習が州から完全に消え去ったわけではない。つまり、現代インドがいかに過去に根ざした現代における無政府状態の上に成り立っているかの一例である。問題は、文化が私たちの現在をどのように定義しているかという問題に帰着する。ビハール州の例が例として挙げられたように、非常に全体像を見れば、ヨーロッパ人はムガール人、トルコ人、モンゴル人、アフガニスタン人などと同じように、今日のインドの前にインドと接触した大きな波のひとつに過ぎないことがよく理解できる。欧州連合（EU）の例えを見れば、今日、インドも EU と同様にアイデンティティの集合体であり、多様性の中の統一という モットーが、インドという形で誕生した最も偉大な多元主義国家のひとつで実践されていると定義することができる。インド亜大陸の文明が 5000 年以上前に存在し、現在のインドという国家が誕生してわずか 75 年しか経っていないことを知っている人は多いだろう。つまり、インドという国家は中央集権的な権力との極端な戦いによって誕生したのであって、インド全体が植民地化されたわけではないというのが、この問題の結論なのだ。これを読んでいる人は、私が狂っていると言うかもしれないが、インドが植民地化されたという論理でいくと、ヨーロッパも植民地化され、1945 年以降に解放されただけで、東ドイツは 1990 年代に解放された。植民地化の定義から行くと、一般的に人々が外国の土地や他の場所から定住することを意味するが、その考えは帝国主義的傾向によって変化した。このように、植民地化がインド、アフリカ、ラテンアメリカ、アジアだけに起こったという論理には欠陥がある。この本のタイトルにあるように、インドのアナーキーとは、インドでは列強がやってきて定住し、植民地時代の恥の重荷を背負う必要がないからである。先進国と呼ばれたフランス、ベルギー、オランダ、その他多くのヨーロッパ諸国でさえ、ナチス・ドイツに占領されていたからだ。当時自由だったイングランドは、ヴァイキングとアングロサクソンによって制圧され、イングランドやスコットランドなどのアイデンティティが形成された。このように考えると、インドは多くの言語と文化を持つ多くの人々の重荷を背負って実現した大きなアイデアであった。大陸としてのヨーロッパは私のお気に入りだが、政治的な領土としての EU を見ると、人口も資源も少ないにもかかわらず、まだ断片的で混沌としている。私たちインド人の間では、もし私たちが団結していたら、190 年間も単なる企業に支配されることはなかっただろうという憶測が一般的だ。まあ、東インドが厳密に支配するのは 100 年間だ。また、私たちが知っているように、彼らは実際にインド全土を支配していたのだろうか？貪欲なヨーロッパの列強は、わが国の資源をあさっていた。彼ら以前にも、わが国の封建制度はインドの他の地域を征服し、略奪していた。しかし、偉大なる欧州統合という理念はまだ夢物語であり、現在でも共通の勢力や外交政策を持っていない。ブレグジットの EU 離脱の動きは、文化的な主権があるにもかかわらず、国家連合を作ってもまとまらなかったことを示す、そのような出来事のひとつである。今日のビハール州の状況を過去のものと比較すると、インドの国家は以前から存在していたことがわかる。インドでもそうだったが、もっと無秩序なやり方だった。中央集権を求める戦いが常にあったのに対し、ヨーロッパは長い間、地域のように異なる文化に縛られていた。それはインドで起こったことであり、インドの西部と南部、そしてその文化的な特徴に私たちを導いてくれる。その部分は後ほど、他の文化について掘り下げていくことになる。今日のインドは、まだ発展途上の国である。今日のインドに見られる実例から見てみよう。すでに述べたように、インドは単一の勢力によって占領されたことはなく、原住民やいわゆる外から来た人々の歴史もどこかに沈んでしまった。これがインドが国家としてユニークな理由である。ポストコロニアル・プロジェクトとして誕生した国はたくさんあるが、インドもそのひとつだ。しかし、インドは国の作り方が独特だ。インドという国家は、ブラジル、インドネシア、パプアニューギニア、アフリカ諸国を除く他の植民地化された国々とは異なり、統一された文化的モザイクを作るという概念に基づいて形成されてきた。アメリカ、カナダ、そして現代のヨーロッパ諸国の多文化主義は、有機的な多文化主義ではないのでカウントされない。だからこそ、人口が多く、文化の多様性があるインドが最前線に立つのだ。個人的には、私はあまり文化的な多様性を好まない狭量な人間だが、まあ結局のところ、インド人として私はまだ困惑しているし、そこにある多くの多様性に誇りを感じることもある。確かに、インドはインドだけでなく、近代インドの前身であるインドでさえも、当時は国境を定めていなかったため、世界情勢に影響を及ぼしてきた。国境に戻ると、私がどこから出発したかを思い出させてくれる。それは、今日のインドがいかに違っているかということであり、また、なぜ私たちが植民地遺産という恥ずべきものを背負っていないのかということでもある。プロパガンダやジンゴイスティックな記事のように聞こえるかもしれないが、今日、そして昔でさえ、インドが資源を吸い上げられ、略奪されるようなことがなかった時代、私たちの国家意識の欠如が非難されるべき時代であったにもかかわらず、私たちは共に努力してきたことを忘れてはならない。私たちは伝説のコヒノールを手放したが、遺産としての誇りを語るソムナートは手放さなかった。インド人は、自分たちの悪しき制度であるサティをなくすために戦った。しかし、私たちもまた、ブリティッシュ・ラージが自分たちの分断統治政策の中で操り、私たちもその燃料を加えた古くからの挑戦の中で、自分たちの近代的アイデンティティを救い出すために戦っている。とはいえ、今日のインドは、イギリス領ラージに属さなかった国々で構成されており、イギリス領ラージがインド建国に貢献したという説は否定されている。インドを作ったのは誰もいない。それは今日のような近代的な形になる以前からあったものだが、より広範で流動的な形で、時に政治的な色彩を帯び、「アカンド・バーラト（分割されていないインド)」という少しノスタルジックな民族主義的感情を帯びることもある。ウィンストン・チャーチルは常にインドを軽視していたが、インドについてはいくつかの事実を正しく理解していた。インドは、ヨーロッパやアフリカの一部に見られるようなバルカン半島化の傾向を起こさなかった。私たちのインド連合は、内輪もめや文化の無秩序にもかかわらず、ピューの調査によれば、まるで別々の食器が互いに近くにありながら、るつぼのように混ざり合おうとしないように共存している。この結果は特に宗教を対象としたものだが、私たちの文化にも同じことが言える。パキスタンとバングラデシュという形でインドから分離独立したような、混乱した2つの国が生まれたのだ。インドがインド亜大陸と呼ばれる南アジアであり、インド洋地域からアジアの他の地域に広がる文化的輸出を忘れてはならない。インドという考え方がインドをユニークなものにしている。文化の拡大と近代国家の役割に話を戻し、国際的な現象から見てみよう。BRICS とは、ブラジル、ロシア、インド、中国、南アフリカの頭文字をとったもので、発展途上国の経済的飛び地として共に成長し、世界経済の新たな変化をもたらしている。文化的な観点を求めるのであれば、まずブラジルを考えてみよう。ブラジルはそれ自体、さまざまな言語や民族が存在し、広大な地域を持つが、それでもインドとは比較にならない。まず第一に、どの国も他国と比較することはできないが、文化的影響力という点で、新興国の比較ということになれば、インドは別格である。例えばロシアは巨大な帝国を持ち、その文化的影響力を持っていたが、インドは中央アジアの国々に侵略された。カザフスタンやウズベキスタンを例にとれば、彼らの文化的影響はロシアから拡大したものだ。しかし、文化的な系譜をたどると、インドから中央アジアにかけての言語が見られる。中国といえば、アジア最大の文化大国であり、インドから最大の文化輸出を行っている。かつて中国の外交官がインドについて言ったように、「2000 年以上もの間、一人の兵士も侵略することなく我々を文化的に植民地化してきた唯一の国」である。このこと自体が、インドからどのような文化的輸出があったかを示している。インドについて言えば、真の多文化国家は南アフリカと比較することができる。虹の国として知られるこの国は、インドよりも小さく人口も少ないが、文化的、言語的な多様性がある。さて、問題は南アフリカとインドの影響力である。どちらも多文化・多様性志向の国だが、インドに関しては、ごく最近の政治的な形ではあるが、インドの影響が南アフリカにまで及んでいる。だからこそ、インドは常にさまざまな形で自らを発信してきたのであり、それによって文化がもたらされ、混沌としているにもかかわらず、インドを豊かにしているのだ。さて、国家の役割の問題に戻ろう。国家がカオス的なプロセスを経て近代国民国家を作り上げる過程で、インドがどのような役割を果たしたのか。インドの西に位置するマハラシュトラ州を例にとって、なぜ、そしてどのようにインドを定義する役割を担ってきたかを考えてみよう。これは、真の主権を保持し、長い間、海陸両軍で確立された大国であった国家の旅と定義することができ、それは文化的景観の形でインドの出発点の一つであるものです。マハラシュトラ州は時代とともに変化しており、それゆえに、さまざまな支配の時代以前と以後において、国家としてのインドのあり方を定義する例のひとつとなっている。マハラシュトラ州は、その昔、アフガン人や後のムガル人の勢力に対抗してマラーター帝国を創設し、インドの他の地域にもその足跡を広げながら、国民国家として形成される道を歩んできた。しかし、今日のマハラシュトラ州は、グジャラート州を含め、知られているような他のバージョンとは大きく異なっている。また、マハーラーシュトラ州とその文化的意義は、植民地時代にもマハーラーシュトラ州の多くの地域が異なる支配者のもとで変化してきたことにあることも忘れてはならない。

しかし、マハラシュトラ州は変化し、それ自体がインドの他の州と異なる存在と呼べる象徴的な州のひとつとなった。これこそが、インドが常に変化し続ける国であることの定義なのだ。インドの地図を見ると、ジグソーパズルのように見える。前述したように、今日のマハラシュトラ州はグジャラート州を誕生させ、それ自体が歴史と遺産という重荷を背負っている。だからこそ私は、インドが植民地化の恥辱を背負っているわけではない、と言い始めたのだ。現在のインドには、ゴア、ポンディチェリー、ダマン、ディウ、ダドラ・ナガルハベリ、北東部の州があり、これらは技術的に独立した州であるか、あるいは権力下にあった州である。インドを形成する地域は、新州の設立やシッキムのような新州の編入など、常に進化を続けている。アッサム、メーガーラヤ、ナガランド、アルナーチャル・プラデシュ、マニプール、ミゾラムといったインド北東部の州では、イギリスの影響力が常に問われてきた。ポルトガルの支配下にあった、先に述べたような他の植民地領地の話は言うまでもない。アフリカ大陸と同じように、インドにも多くのヨーロッパ列強が資源をむさぼるためにやってきた。しかし、外国からの抑圧があったにもかかわらず、インドの文化的影響はマックス・ミュラーからウィリアム・ジョーンズをはじめとする多くのヨーロッパ人によっても常に尊重されてきた。インドのヴェーダ書の影響は、今日日本で人気のあるマンガやアニメの文化にも見られる。今日の現代インドの創造は、何世紀にもわたる経験の集合体から成っている。このことは、州が自らの経験を保持し、保持し、あるいは良くも悪くも変化させてきたという点にも当てはまる。マハラシュトラ州はその一例であり、これが今日のインドの姿である。インドほど大きく、歴史的に人口の多い国は数少ないが、インドは文化的にも地理的にも非常にユニークな存在であり、多くの変化をもたらしている。だからこそインドは、私たちが言い続けている植民地化された世界から派生したものとは異なる概念なのだ。この点で、私たちはインドがサルダール・パテルというインド人によって創られたことを忘れてはならない。彼は、すでにイギリスと結んでいた条約や個別の交渉に基づいて、インドの北東部を統一し、手に入れた。それゆえ、インドという概念は、崩壊するまでの長い間、イギリスの意向に抵抗し続けたマラーター帝国がひとつのインドであるというものである。一方、マハーグジャラート州のマハラシュトラ州もインドの一部である。マハラシュトラ州は今日、GDP に貢献している主要な州のひとつである。だからといって、かつてのマラーター族が、そして今日のインドのマラーティー・コミュニティーが、いかにして独自の文化的アイデンティティを築いてきたかという事実を否定するものではない。こうした中、インドははるか昔の時代から残り、今日世界で最も多元的な社会のひとつであるインド連合へと進んできた。アフリカ諸国は非常に多様性に富んでおり、パプアニューギニア、インドネシア、ナイジェリアなど他の多くの国も同様である。しかし、人口や面積では、アフリカ諸国や上記の国々がインドの文化的多様性を上回ることができる。アメリカは別として、多くの言語を持ち、国土が広いオーストラリアは、巨大な人口と文化の多様性を持つインドを受け入れる必要がある。何がインドをつくっているのか、誰にも説明することはできない。これがインドの美しさであり、強さであり弱さでもある。インドはアフリカ連合や欧州連合のようなものだが、唯一の例外は、欧州にもアフリカにもインドほど大きな国はないということだ。また、インドについて議論するときに忘れてはならないのは、インドの範囲と世界中への影響力にも目を向ける必要があるということだ。では、何から始めようか......パンジャブの文化から始めよう。北インドの中心地として知られるパンジャブ州は、世界各地からの文化的侵略に直面してきた。パンジャブ州は今日、聖地訪問のためにカルタルプール回廊で結ばれたばかりの両国間で政治的に分断されている。さて、歴史をさかのぼれば、パンジャーブはインド国内だけでなく、国外からも何度か移住してきたことで誕生した。これは、アーリア人の移動に関する論争の詳細に触れることなく、外部からの移動に言及するものである。インダス渓谷文明とつながりのある、昔の豊かな農業技術。これは、マウリヤ帝国とグプタ帝国において大きな役割を果たしたパンジャブと同じである。アフガニスタンとギリシャは、血統の面でも、文化的・政治的影響力の面でも、この国を通じてつながっている。同じパンジャーブでも、中世にはテュルク系支配者のデリー支配の影響やムガール帝国の影響から、分割されていないパンジャーブ地方に発展した。すべてはこのページの冒頭の問題に帰結する。アフガニスタンはパンジャーブを通じてインドと非常に重要なつながりがあり、その影響は双方から受けていた。こうして、インドから世界各地への接続が確立されるのである。パンジャーブとその文化的進化は、外国からの影響にさらされ、その豊かさに貢献するという形でもたらされた。人々の絶え間ない進化は、インドの世界的な交流のあり方という形で現れた。他の国々の進化の仕方も同様だ。こうした中、パンジャーブ州は北インドの中核に位置し、ギリシャ人やアフガニスタン人の影響を受けながら、多くの移民や通過ルートがあったため、今日のパンジャーブ州が発展した文化のカクテル・システムが生まれた。パンジャーブ州の宗教的、武道的な栄光は、勇敢なカルサ・コミュニティが形成した厳しい抵抗によって後にもたらされた。ムガール帝国との戦いやアウラングゼーブの圧政によって、パンジャーブ地方は独立した支配下に置かれたが、食べ物や音楽、社会といった文化的影響について掘り下げていけば、アフガニスタンやイランとの関連も描けるだろう。カナダや英国、オーストラリア、米国に定住しているパンジャブ人のディアスポラではなく、アフガニスタンやイランに定住しているシク教徒のコミュニティが、シク教徒の宗教指導者たちの宗教的な旅を物語っている。植民地時代以前、そして植民地時代のアフガニスタン軍に対する彼らの努力は、パンジャブ人、特にシーク教徒の兵士とその王国のアイデンティティを切り開いた勇敢さと優しさを物語っている。それは、マハラジャ・ランジット・シン亡き後の自由闘争が大きな役割を果たす以前のことであり、ガダール党を始めとする多くの党派の中で最も高く評価された人物の一人であるバガト・シンや、最近になってその勇敢な功績と愛国心が再び世に知られるようになったララ・ラジパト・ライやサルダール・ウダム・シンも忘れてはならない。インドは常に大きな見本市のようなもので、そこにさまざまな色や味、音や音楽が集まり、私たちがインドとして認識しているものを作り出している。インドの影響は世界中に及んでおり、世界中から文化的な影響を受けている。カシミール地方をパンジャーブ地方からジャンムー地方に移すと、ヒンドゥー教、シーク教、ドグラ教、イスラム教の影響が見られる。マハラジャ・ランジット・シンからラジャ・ハリ・シンまで、ジャンムー・カシミールの偉大な、そして豊かで多様な歴史の最後の段階におけるインド王国の影響。最も重要なことは、パンジャブ州と同様、ジャンムー・カシミール州の考え方も、アフガニスタン、イラン、中央アジアの地域から多くの文化的な動きや影響を受けているということだ。現在のジャンムー・カシミール州は、インドとパキスタンの偉大で苛烈な対立を象徴しているが、その文化的な旅路は、ジャンムー・カシミール州の広範で多様な文化を示す誇り高い証言である。今日、インドのさまざまな州が言語的基盤に基づいて形成されているが、実は言語的アイデンティティに基づく独自の存在を持たなかった時代には、独自の文化的旅路があったという文化的旅路を見てきた。ウッタル・プラデーシュ州とヒマーチャル・プラデーシュ州から新たにウッタラーカンド州が誕生した。これは欠陥のある議論だが、間違いなく真実ではない。ウッタル・プラデーシュ州の例や、そこから切り出されたウッタラーカンド州やヒマーチャル・プラデーシュ州は、いずれも最近の言語国家として独立したアイデンティティを持っていた。しかし、これら3つの州の文化地図を振り返ってみると、ウード王国がヒマーチャル州に本拠を置く王国ともつながりや戦いがあったように、3 つの州はすべて非常につながりの深い旅路であったことがわかるだろう。さて、文化の旅に話を戻すと、パンジャーブ地方とカシミール地方もそうだが、デリーを取り囲む他の2つの重要な地域、ウッタル・プラデーシュ州、ウッタラーカンド州、ヒマーチャル・プラデーシュ州も、移住、言語、文化の形成という点で、インド北部の地域を形成し、それが独立したアイデンティティを持つようになった。現在のパキスタンやアフガニスタン、イラン、さらには中央アジアを含む北部地域から、これらの州を経由してインドの他の地域にも人々が移動した。したがって、今日のジャンムー・カシミール地方に戻ると、そのアイデンティティ危機の政治的結びつきは複雑になっている。この地域には、両宗教のスピリチュアルで神聖な場所があり、それは何千年という時代と波の中で発展してきた。したがって、ヒンズー教の王子に支配されたカシミール地方のイスラム教徒が多数派を占めるという物語は、今日我々が知っているような紛争地域の最終章であるにもかかわらず、物語はそこから始まったわけでも、終わったわけでもない。インドがいかに相反する国であるかを示している。最近、インドが州連合であることをめぐる論争が国会で起こった。しかし、これは憲法で言及されているだけでなく、インドを大陸のような、インド亜大陸地域と呼ばれる奇妙な国にしている。北インドの他の地域、ウッタル・プラデシュ州、ハリヤナ州、そしてやや北西のラジャスタン州へと移動すると、その文化的歴史はインドについてまったく異なる見方を与えてくれる。インドの音楽文化に目を移すと、音楽の成り立ちには、形は違っても共通点があることがわかるだろう。トゥムリ、タッパ、ハヤール、ラーグ、バンジャラ、その他の音楽形態には、それぞれ異なったテイストがあり、それぞれのジャンルに付随する音楽の要素も異なっている。しかし、文明史的に言えば、人々の服装や支配の仕方、食事のあり方など、すべてインドに共通点があった。これほど多くの言語や民族、食習慣を生み出した文明は、インダス文明であれ、インド深南部の文明であれ、ひとつではないことを忘れてはならない。中国語、エジプト語、シュメール語、インカ語、アステカ語などの例を挙げることができるが、インドの文明に関しては、多様な言語だけでなく、アイデンティティも発展した。前述したように中国文明を見ると、その後に生まれた言語ファミリーの北京語は世界中に大きな影響を与えているが、同じ支族から生まれたにもかかわらず、あまり区別できるような文化的要素は生まれていない。これは、エジプト語、シュメール語、そしてインカやアステカといった他の古い文明にも言えることである。しかし、文化の違いに目を向けると、疑問が生じる。私はアメリカ大陸の母国語の専門家ではないが、神話や文化的な物語からインディアンの影響が見られることは否定できない。今日、インダス文明の一部は現代のパキスタンで発見されている。しかし、インドはそれ自体、近代的な存在に過ぎないが、その文化的ネットワークの広大な広がりは、インド亜大陸からインド自身、そして世界のさまざまな地域に至るまで、実にさまざまな枝分かれへと崩壊し、爆発してきたという考えを打ち出したいのだ。インド北部から東部や北東部に目を移すと、また違った種類の文化的メランジュの物語が見えてくる。それは、歴史と文化的要素がどのように形成されたかを理解する、異なる種類の軌跡へとあなたを誘うだろう。ジグソーパズルのようなインドは、東部と北東部に目を向けると、より興味深い理解を与えてくれる。インドの文化的背景を理解することに焦点を当てたもののほとんどは、これらの地域や、私たちが知っているようなインドの創造において、それがどのように、そしてなぜ重要な役割を果たしているのかを見逃してきた。従って、インド文化の万華鏡は、インド北部や西部だけでなく、インド南部も忘れることなくインド東部からも宗教、文化、政治史の影響を受けたこれらの地域から眺め、焦点を当てる必要がある。このように、今日のインド北東部の人々の遺伝的構成は、東南アジアの文化的ルーツに似ている。東部と北東部における地域の役割を理解するという考え方は、インドの地域力学がこの地域でどのように形成され始めたかを私たちに教えてくれる。ビハール州とその文化的歴史については、表面的ではあるが触れているので、ベンガル州から始めよう。ベンガルという国家が誕生したのは独立後ずっと後のことだが、国家としての文化的なプロセスは非常に古くからあった。インドのこの地域のベンガルでは、さまざまな要素が混ざり合っていた。その歴史は、奴隷王朝からキルジー朝、トゥグラク朝へと続くデリーのスルタンの時代から、1700 年代半ばにベンガルのナワブがデリーの影響から解放されるまで遡ることができる。この点で、今日私たちが知っているオディシャ州は、継続的な文化的存在ではあるが、独立した言語国家として存在していたわけではない。このような状況にもかかわらず、インド東部で形成されつつあった文化地図には、独自の旅路があった。ヨーロッパ人の侵略の最初のル一ツはここから始まった。ヨーロッパ人にとって最も重要な交易路のひとつがここから始まった。ベンガル、ビハール、オディシャの 3 州は、1 つの州として一緒になっていたときでさえ繁栄していた。土壌の肥沃さだけでなく、天然資源も豊富だった。しかし、今日を見れば、これらの地域から見たインドは、農業生産高であれ工業生産高であれ、大いに不満があることがわかるだろう。ベンガル地方は、農業生産高の点では、同地域に存在する小規模農場に比べて上位にランクされているが。気候変動の影響に対する懸念が高まっているにもかかわらず、ベンガル地方がいかにして繁栄と肥沃な地域のタグを維持しているかということである。インドの物語は矛盾と比較の物語でもある。農業の面でも、パンジャブ州やハリヤナ州など、インドの他の地域が小麦のバスケットになるには独自の課題がある。東部の地域は昔から貿易の温床であった。しかし、これらの州をひとつひとつ取り上げてみると、ほとんどの州が長い間、非工業化や貧困化に直面してきたことがわかる。貧困率、失業率、偽装失業率ともに全国平均を上回っている。西ベンガル州やオディシャ州、さらにはビハール州などはいくつかの是正措置を講じているが。オディシャ州と西ベンガル州では、社会的投資はある程度安定しているが、西ベンガル州では政治腐敗とフーリガンが議会時代から共産党支配下でピークに達し、その影響は現政権下でも続いている。こうしたことが、インドの東部地域の元気のなさを形成し、政府の政策がこの地域の発展に焦点を当てていなかったにもかかわらず、切り離された北東インドもまた成長しない一因となっている。ですから、インドを時間志向の段階から見なければならないことは理解しています。インド東部地域は一時期、現在でも豊かな繊維、食品、スパイスの産地であったが、植民地時代からインド東部地域で活発化した工業化のペースは失われてしまった。この傾向を食い止めたのはオディシャ州だけで、非常に貧しい州であったにもかかわらず、着実な投資と社会的改善によって、現在ではインドの州開発指数のランクを這い上がっている。そのため、インド東部の地域における時間の経過とその影響の問題は、予測不可能であった。ベンガル州は政治的ジレンマに苦しみ、ビハール州はカースト主義と時代に逆行する公共政策のおかげで、常に近代国家としての魅力を過去の栄光から失ってきた。それは、希望の光であるオディシャ州や、産業フレンドリーな州として自らをアピールしようとしている新生ベンガル州にとってのみである。次の本では、インドの工業化に長い間影響を与えてきた激動の政治史を克服できるかどうかが問われる。

インドとアフリカの関係：Win-Win の関係はまだ実現されていない

インドとアフリカの関係インドとアフリカの関係は非常に古くからある。インドとアフリカは歴史的に、スパイスや象牙など、この2つの地域の間で交換されてきた品目に関連する貿易関係にある。植民地時代以前のインドとアフリカは、中世のインドのサチンやジャンジラの「ナワーブ」（皇帝）という形で、共通の帝国を共有していた。植民地時代以前のインドとアフリカの貿易には、奴隷という人身売買の側面もあった。しかし、植民地時代以前の関係には、一方的な資源利用という要素はなかった。こうしてインド帝国とアフリカ帝国は互恵関係を維持してきた。リソースと、共有する関係の活用が絆を生んだのだ。そのような面では、エリート主義的な関係は相互の称賛と尊敬に基づいていた。その後、植民地時代がゆっくりと到来した。植民地時代の恥辱の歴史は、アフリカとインドの両方を覆っていた。世界の両地域から資源を収奪した植民地支配の時代も、情報の自由な流れの構築を著しく麻痺させた。世界の2つの地域の関係は、植民地支配国による植民地搾取に利用された。人的資源、天然資源はすべて採掘され、奴隷制の危険は世界のこの2つの地域に影響を及ぼしていた。そんな中、マハトマ・ガンディーが登場した。彼はアフリカの植民地支配を受けた国から、植民地支配の痛みを感じたのだ。共通の闘いという考え方と、権利を求める運動のペースが加速した。植民地支配の恥辱に縛られているという共通の絆が、19 世紀と 20 世紀をより大きな文脈で特徴づけた。これは2つの古代文化と文明が共有した遺産である。その後、ポスト植民地化の時代が到来し、20 世紀後半以降、インドとアフリカの関係に新たな関係が生まれた。「インドは第三世界のリーダーであり、非同盟運動（G-77）の下にある発展途上国グループであるという新しいビジョンは、徐々に現代に反映されつつある」（Madsley and McCann 2010）。インドはアフリカでの存在感を高めようとしている。中国とインドは、エゴと、よりソフトな側面での勢力拡大の見込みという点で、新たな戦いを展開している。そこで生じる疑問は、インドがアフリカとの関係を新たなキャンバスに描こうとしているのかということだ。植民地化後、インドがアフリカとの関わりを強めようとしてきたのは間違いない。これには、アフリカ大陸を経由するインドのディアスポラを通じた既存の橋も含まれる（Pradhan, 2008）。インドは以前のような相互関係を築くのではなく、自国の利益のためにアフリカを利用しようとしているのではないかという疑問が生じる（Broadman, 2007）。これについては、詳細な事実とともに分析しなければならない。「しかし、インドとアフリカの関係が、インドと中国の関係と同じくらい重要であることは否定できない」（Carmody, 2011）。

新しい時代に台頭するインドとアフリカの関係

：天然資源や貧困など、インドとアフリカには多くの共通点がある。しかし、この関係を興味深いものにしているのは、インドが今、グローバリゼーションという新たな力を持った新たな大国とみなされていることだ。世界中の状況を改善するために、インドの役割が注目されている。先に述べたように、中国がアフリカで果たそうとしている役割という点で、中国との戦いは非常に重要である。技術協力は、セネガル、ケニアなどですでに行われている（Mohan, 2006）。インドと中国という新たな勢力圏がアフリカの利用をどう見ているかということだ。この点で、インドは「アフリカのスクランブル」を狙うもうひとつの大国とならないよう注意しなければならない。インドとアフリカの素晴らしい関係は、共通の遺産と古い時代という前提に基づき、ガンジーやマンデラのような指導者たちによって強化されてきた。時代は今、宇宙、教育、技術といった新たな分野も含めた協力関係を強化する方向に変化している。協力のアイデアは、インドとアフリカが南南協力の発展に取り組むための主要な方法のひとつである。インドがアフリカの慈悲深いパートナーであるという考えは、デリーから 発信されてきた（Alden and Viera, 2005）。インドがこの関係をどのように自国の権力投射のための代理戦場として利用しようとしているのかに対するアフリカ人の不安と懐疑は、遠心力のひとつである。インドのプロジェクトは技術的な側面が強く、協力に関するソフトな観点をカバーしていることが重要だ。インドはすでに TU-9 として知られるプログラムを開始しており、アフリカの後発開発途上国に対し、インフラ整備、融資枠、情報ネットワークなどの援助を提供している。これは、中国のアフリカへの大規模な投資に対抗し、中国特有の労働資源を活用するために非常に重要である。実際、私が提唱したい視点は、中国とインド、あるいは多くの人が言うように「チンディア」の両者が、アフリカでより大きな協力軸を築くことができるということだ（Martin, 2008）。これは素晴らしい関係の始まりとなる。しかし、インドがアフリカとの関係パターンをどのように形成しようとしているのかという文脈にこだわるのは難しい。一方では、インドはよりソフトな資源を提供しているが、同時に、以前の植民地支配者と同じ道を歩まないという点で、道徳的価値を維持する責任もある。インドは、お互いに共感できるため、世界的な格差に対してアフリカとともに戦うという独特の立場に立っています(Hill、2003)より大きな責任を負った新興大国であるインドは、このことを確実に心に留めておくべきです。

多国間主義の下でのインドとアフリカの関係：インドとアフリカの新たな関係構築は、多国間主義を通じて新たな道を歩み始めた。その例として、インド・ブラジル・南アフリカ（IBSA）

（Dunn & Shaw, 2001）。これは、インド-アフリカ軸の機能を高めることができる外交軸の新たな形成の始まりである（Bowles et al 2007）。実際、中国とインドのアフリカにおける開発と協力の競争は、多国間の関与を通じて新たな形をとっている。インドとアフリカという大陸もまた、二国間の関与として見るべきではありません。新たな南-南協力に目を向ける考え方は、多国間という軸の出現とともに新たな形をとっている。BRICS PLUSは新しいコンセプトで、エジプトやナイジェリアといったアフリカ諸国も検討されている（Goldstein, 2007）。これは、新たな戦略的関与の始まりであり、開発のための資金調達と資金調達メカニズムを複数のソースから実現する方法である。これこそが、効率向上のためのプロジェクトで新たな発展を遂げるための鍵なのだ。インドはすでに3年ごとのインド・アフリカ首脳会議の時代からそうしてきた。インドとアフリカの関与は2者間のものではあるが、アフリカという単一大陸の観点からだけ見てはならない。アフリカとの関わりにおいて、アフリカ大陸は 50 カ国以上の集大成という観点から見るべきである（Cooper, 2005）。どの国にも具体的な目標があり、その具体的な目標を達成するための計算がある。インドはアフリカのさまざまな国々との関係を模索してきた。このように、インドからアフリカへの協力的な関与という新しい方針は、今後どのように現れてくるのだろうか。それは新しい考え方であり、南-南協力の発展のための枠組みを作る方法である。そこでは、ビジョンは二国間レベルだけでなく、他の新興国との関与のレベルにおいても、軸に焦点を当てなければならない（Shaw, 2007）。インドはアフリカへの投資計画において、他の大国を活用するという新たな戦略で、すでにそれを実現しようとしている。アフリカにもナイジェリア、エジプト、南アフリカなど、台頭しつつある国々がある。また、ガーナやケニアのような国の出現は、インドとブラジル、南アフリカ、さらには中国や日本といった国々が協力できる、そしてすでにそうしてきたという、完璧なミックスの機会を提供している。インドはすでに、両地域の発展のために、農業やエネルギー、その他大陸からの資源への投資を検討している。インドがアフリカに関与する実際の動機については、懐疑的な見方もある。しかし、IBSA や BRICSPLUS など、インドが他国とチームを組むことができる多国間プラットフォームは、将来の関与のための理想的な方法だろう。

未来のインド・アフリカ関係：インドとアフリカの関係は、実際に 21 世紀を定義し、新たな機会の世界を創造することができる。この関係には大きな可能性があり、スマート・パワーの要素に取り組むという側面もある。関係構築の責任は、民間レベルと政府レベルの双方でどのように関与していくかにかかっている。電気通信、エネルギー、その他の分野ですでに起こっていることだが、アフリカとインドの企業連携が必要だ。インドは、真の意味での南-南協力（Cox, 1996）、アフリカに投資する責任がある。インド政府と民間企業によるアフリカへの投資は、技術協力に拡大されるべきである。協力の分野にはもちろん、防衛や宇宙、医療、農業などの高等技術への取り組みも含まれる。インドは、あらゆる協力の機会がある中で、傲慢なパートナーになる罠にはまらないように注意する必要がある。インドはまた、アフリカとの関係を堅固なものにするという大きな目標を見失わないように留意する必要がある。これはもちろん、対話の構築だけでなく、関係のより強い側面を信じることも含まれる。インドにおけるアフリカ系ディアスポラは、不幸にも人種差別的な攻撃を受けてきた。インドのディアスポラや歴史的なつながりによって、アフリカにおけるインドのソフトパワーの推進力が損なわれかねないからだ。インドの挑戦は、アフリカが新しく公平な世界を創造するビジョンにおいて非常に重要なパートナーであるという信念を実際に変えることである。今後のインド・アフリカ関係の構築は、世界人口の大多数にとって持続可能な未来を創造することに基づいている（Knight, 2000）。貧困撲滅と、より良い未来に向けた両地域の人々の生活水準の向上が、今後の協力の目的であるべきだ。旧植民地大国であるヨーロッパやアメリカでさえも、対外援助や投資の面で介入を控えている（Joffe, 1997）。中国とインドという新たな大国の台頭が起こっている場所なのだ。しかし、本章のタイトルを念頭に置き、また前述したように、インドの対アフリカ開発、投資、協力、協力戦略における責任は、将来に向けてバランスの取れたアプローチを取る必要がある。ケニアの国々ガーナはまた、情報技術やその他の起業家的ベンチャーの面でも急速に発展しており、インドのベンチャーが協力する余地は非常に大きい（Nayar, 2001）。これは協力と協調のための陽の当たる分野であるだけでなく、双方の若く有能な人材を活用することもできる。関係の力学は変化する可能性があるが、21 世紀の将来の力学にとって大きな可能性を秘めている。

インドという国家ブランドは、21世紀のグローバルな問題という市民の課題に対して、開発というナラティブのバランスをとっている

はじめに

テクノロジーは今日の世界で最大のゲームチェンジャーだ。今日の世界における私たちの生き方は、テクノロジーによって推進され、明確化されている。しかし、技術はダイナミックであり、特定の分岐点で止まることはない。人類の文明は、テクノロジーの発展とそれに伴う人類の進化の物語であった。世界は常にテクノロジーへのアクセスによって分断されてきた。人類の黎明期から、進化し、最良の資源を活用するという発想が、技術進化の到来をもたらした。このような中、私たち人間の生活は、個人の持ち物という形でテクノロジーによって変化してきた。テクノロジーは私たちの生活の大部分を容易にし、魅力的なものにしてきた。テクノロジーは今、データが燃料となる次のステップに進んでおり、それに基づいて、テクノロジーは政府の政策やガバナンスのイニシアチブの世界で役割を果たすために歩み寄っている。本稿では、特に気候変動や地球温暖化などに関する議論が活発化する中で、都市資源のテクノロジー

とガバナンスの重要性を強調したい。これは高い排気ガスレベルと直接関係している。

エネルギーは、あらゆる人類の文明の成長と発展にとって重要な要素である。食料、健康、交通はすでに議論されている重要な分野である。しかし、個々のエネルギー生産に可能な限り最良の方法を利用するという問題になると、発展途上国の大部分では、ガバナンスはまだ無視できるものだ。そこで重要になるのがテクノロジーの役割だ。そこで本稿では、食料、健康、輸送、エネルギーの最適化を4つの柱として結びつけ、ガバナンスの全体的なプロセスにおいてテクノロジーがどのような役割を果たすことができるかを扱おうとしている。このアイデアは、ガバナンスが人間社会全体の中でどのような役割を果たしているのか、また、このような点においてインドは何をしてきたのか、ということを理解するために構築するものである。ここ数年、世界で最も人口の多い国で、アダー・カードやUPIが、市民のデータ管理や金融技術に関連する最大のゲーム・チェンジャーとなったことはよく知られている。しかし、食糧生産・農業、医療サービス、交通、そして都市エネルギー管理の世界におけるテクノロジーの台頭は、非常に重要な役割を果たすだろうし、すでにインドの統治や政策決定に影響を与えている。変化は遅々として進まないが、今、こうしたガバナンスの分野でテクノロジーの役割が明らかになりつつある。

Almgren & Skobelev, D. (2020) の著作ですでに明らかなように、テクノロジーとガバナンスのパラダイムはすでに変化して いる。第 4 の技術パラダイム（波)」（1930-1985 年）は、電力工学、機械製造、新合成材料、通信機器製造を特徴とし、消費財、兵器、乗用車・トラック、フィールドエンジン、飛行機の大量生産に貢献し、コンピュータとソフトウェア製品の重要性を高めた。第4の波の特徴的な特徴は、先進国でさえ、すべての国でまだ見られる。第4の波の産業部門は、大量の天然資源（エネルギーを含む）を消費する部門である。

第5のテクノロジーパラダイムは、コンピューターサイエンス、マイクロエレクトロニクス、バイオテクノロジー、新しいタイプのエネルギー源とエネルギー生成、遺伝子工学、材料、衛星通信、宇宙開発に基づいている。また、技術、製品の品質管理、技術革新計画の分野で緊密に相互作用する、単独の「スタンドアローン」企業から、中小・大企業の絡み合った電子ネットへの移行期でもある。第5の波の特徴は、マイクロエレクトロニクスコンポーネントの役割の強化である。第5のパラダイムの利点は、生産と消費の個別化、生産の柔軟性の向上、資源効率への強い関心にある。

第6の技術パラダイムの起源は、2010年頃に遡ることができる。バイオテクノロジーやナノテクノロジー、遺伝子工学、膜技術、量子技術、フォトニクス、マイクロメカニクス、熱核エネルギーは、ますます従来型のソリューションになりつつある。専門家たちは、これらの分野が統合されることで、最終的には量子コンピューターや人工知能につながり、政府、社会、経済システムの根本的に新しい開発レベルにアクセスできるようになると期待している。専門家は、第 6 の技術パラダイムは 2040 年以降に成熟期に入ると予測している。2020 年から 2025 年にかけて、前述の基礎技術分野の成果に基づく新たな科学・技術・テクノロジー革命が起こると予想されている。2010 年時点で、最も経済的に発展している国の生産力の 20%が第 4 の技術パラダイムに、60%が第 5 の技術パラダイムに、そして約 5%が第 6 の技術パラダイムに属している。現在、私たちは世界経済の構造的再編成を目の当たりにしている。私たちは、「第一世界」の十分に発展した経済圏において、IT や通信技術、バイオエンジニアリング、そしてナノテクノロジーによる解決策から新たな技術パラダイムが生まれ、それが最終的に有益な「長い波」となって成長をもたらすと予測することができる。原油価格の下落は、"デリバリー "期間の終わりを示す特徴的な兆候である。新しい技術パラダイムは、革新的で資源効率の高い技術の "普及 "と生産全体のエネルギー強度削減のおかげで、少なからず飛躍的な成長を遂げるだろう」。

テクノロジーとガバナンスの協調関係における進化：

しかし、この記事がその部分の議論に移る前に、インドがすでに 14 億人を超える国民のために、アーダー・カードという形でデータ収集というテクノロジーを活用していることを思い出さなければならない。このシステムは、アメリカの社会保障カードのようなものだ。地理的、人口統計的な多様性、その他の社会的要因を除けば、本稿では、データがどのように取得され、統治に関連する目的のために活用されるかを示す典型的な例のひとつとして、この巨大な運動の例を挙げたい。これはインドにおける政府の政策関連の実施方法としてすでに実施されている。福祉関連スキームのために庶民のデータを取得することは、インドの何百万という人々にとってゲームチェンジャーとなった。これこそが、テクノロジーとガバナンスが今や私たちの生活の重要な一部となっていることを証明している。すべての庶民に権利を」というモットーを掲げたアーダルの全体的な貢献という点では、確かにその通りである。電信送金から、銀行口座が Aadhar カード番号にリンクされたことで、政府預金制度はより簡単になった。インドでの重要な措置のひとつは、送金と客引きの汚職に関して、漏れの流出を止めることだった。これはテクノロジーと政策ガバナンスの相関関係の交差点であり、転換点でもある。

Davis ら（2012） は論文の中で、「ガバナンスは、軍事行動、資金移転、法的文書の公布、科学的報告書の発表、広告キャンペーンなど、多種多様なメカニズムを通じて影響を与えることができる」と述べている。ガバナンスのさまざまな技術には、金銭や人材といった物質的な資源と、地位や情報といった無形の資源の両方を含む、さまざまな種類の資源の生成と配分が含まれる。また、テクノロジーによって、被支配者に対する影響力も異なる。例えば、コーポレート・ガバナンスの技術としての財務監査は、法的規制と詳細な自主規制の組み合わせから特に強い影響を受けるかもしれないが、環境監査は、それほど詳細ではない規範を明示する、より拡散的な主体からの圧力によって形成される。このようなガバナンスが機能する方法は、しばしば非常に複雑であり、このようなガバナンスの技術としての指標の役割を理解する努力において、実証的かつ分析的な大きな課題を生み出している。

Canedo ら（2020） は、「よく定義されたガバナンス・プロセスがあれば、組織はそのプロセスやサービスを体系的に評価・改善することで、他者に対する戦略的優位性を獲得することができ、組織の業績向上、ひいては競争力強化につながる」と述べている。情報通信技術（ICT）とガバナンスの改善には関連性があり、組織や市民に競争上の優位性をもたらしている」。もし誰かが、技術の役割をアーダルカードという形でどのように見ることができるのか混乱しているのであれば、問題を明確にするために、システムの仕組みを理解する必要がある。これは、すべてのデータを取得するバイオメトリック・システムに基づいており、複製は困難であるが、偽の Aadhar ID カードが見つかることもある。とはいえ、プライバシーが真の関心事であるため、インド政府はポリオ、結核、水関連計画、その他の福祉プログラムに関連するキャンペーンを効果的に実施することもできた。2011 年以降、インドでは国勢調査がまだ実施されていないが、政府は実施したい主要キャンペーンのほとんどについてデータを記録している。ビッグデータというテクノロジーのアイデアと、政府の政策的嗜好が握手を交わす場面である。経済のフォーマル化は、フィンテック・セクターがインドに進出するという形でも起こっている。これは、UPI システムを導入している未組織部門の販売業者／ベンダーを含め、全国各地でUPI スキャナーが利用されているという形で見ることができる。インドの銀行・金融システムの正式化は、このテクノロジーの登場によって、金融の自給自足とリテラシーの向上に重要な役割を果たすようになった。これらは、インド国内における統治機能におけるテクノロジーの役割を、その存在感を拡大させながら総合的に示す代表的な例である。

テクノロジーとガバナンスの様々な分野におけるグローバル・サウスにおけるインドの役割

政策とガバナンスの面で大いに助けられた最初のセクターは、食品セクターである。インドとその膨大な人口、特にいまだに社会から疎外されている人々について言えば、政府にとって重要な用途のひとつは食糧の供給だった。生成されたデータの量、食糧配給プログラムへの活用は、インドのような国にとって計り知れない成功を収めた。インドでは独立以来、食糧配給のあり方が変わっていない。しかし、技術的インパクトの拡大は、政策介入が実際に違いをもたらしているか否かを検討する上で重要である。コビドに関連する挑戦が重要であった時代において、データキャプチャーの役割に対する考え方はいくら強調しても足りない。データの管理がどのように行われ、どのような情報が生み出され、それに基づいて行動したかを実際のデータとして把握することは、かなり難しいかもしれない。しかし、データが重大な政策決定を下す上で極めて重要であるという事実の事前理解は見過ごすことはできない。配給カードの偽造や情報の捏造は、現在でも行われている。しかし、疎外された人々の大部分に対する食糧配給に関しては、技術的インパクトのレベルと影響は十分に生じている。これは、テクノロジーに裏打ちされた非常に大きな人口を持つインドの統治という側面に方向性と目標を与えたという点で、見過ごすことはできない。

次に保健分野だが、インドはその巨大な人口のおかげで大きな課題を抱えている。コビド時代の到来は、世界中で大きな問題を引き起こした。また、健康関連の大きなステップを作るためにテクノロジーが便利になった時代でもあった。これに関連して、第一に、そして何よりも優先された問題は、ワクチンの供給であった。ワクチンの開発における技術の役割は重要であっただけでなく、ワクチンを誰に渡すべきかというデータ関連のガバナンスの出現においても大きな役割を果たした。これは、ワクチン接種プログラムの追跡調査や、供給され、獲得されているワクチンの数の把握に大きな役割を果たした。インド全土で流通していた膨大な数のワクチンに比べれば、ワクチンの漏れは少なかった。これは、政府の役割と 10 億人以上にのぼるワクチンの配布において、ゲームチェンジャーとなった。実際、これは予防接種関連情報をリアルタイムで追跡するという、政府にとって最大の技術的発見であった。cowin などのウェブサイトが登場したことで、オンライン関連情報にアクセスできる人は、予約やワクチンの入手が容易になった。こうして、実際に課題を投げかけた瞬間にテクノロジーの役割を見ることができる。従って、インドがもう一歩踏み出そうとしているのが医療記録であることを振り返ることは重要である。

インドは政府保険という点で、世界最大の医療プログラムを運営している。受益者全員にカードも支給された。同様に、州レベルの政府でさえ、独自の健康保険制度を設けている。データ管理に関して言えば、医療分野は重要だ。最も重要なのは、病気、疾患、疾病の維持リストや、政府関連の健康保険への加入状況など、健康関連のデータが非公開であることだ。膨大な数のデータを抱えるこの国では、データ管理と政策の介入は、健康のようなデリケートな分野にとって重要であり、テクノロジーとガバナンスの役割は間違いなく重要である。予防接種、健康保険、そして住民の記録を管理する役割には、それなりのリスクもある。発展途上国が社会政策を視野に入れようとしている以上、テクノロジーの考え方も見逃すことはできない。そこで、データを政策決定に役立てようという発想が生まれる。インドはデータ関連の政策変更の最前線にいる。民間の企業から一般的な政府のアイデアまで、国民の大きなニーズに基づいてカスタマイズされた政策という点では、ほとんどの技術がここにある。ヒース・セクターは、健康という主要な関連政策分野のガバナンスに関連するセクターにおいて、データがいかに大きな役割を果たすことができるかを示す例へと発展した、驚くべきストーリーのひとつである。

交通・運輸関連、特に自動車登録、交通違反切符、通行税など他の分野では、すでにテクノロジーがその役割を果たし始めている。これはすでに、高速タグが通行税の支払いに使われているという形で見ることができる。テクノロジーは徴税を容易にするのに役立っている。車両の移動が容易になるだけでなく、交通違反に関するデータの収集も容易になるため、政府は車両を追跡しやすくなる。このことは、デリーがイーブン・オッド政策を導入した際、想定通りに機能しなかったことにすでに表れている。しかし、収集したデータを通じて、政策介入をより効果的に行うことができ、それが技術的インパクトのためにどのような役割を果たすことができるのか、正真正銘の分野があった。テクノロジーとは、コンピューター、携帯電話、洗濯機、浄水器などを理解することだけに限定されるものではないことを強調することはできない。情報やデータがない限り、意味がない。それは、どのようなテクノロジーが優位に立ち、政策に関連する進化の次のステップをもたらすことができるかに基づいた燃料である。裏付けとなるデータがあれば、政策関連の実施とガバナンスの最良は間違いなく豊かになる。すべての国民は、政府が 21 世紀に取り組むことができ、また取り組まなければならない、デジタルブックであるデータ保存メカニズムである。

スマートシティと都市ガバナンスのアイデアは、テクノロジーとガバナンスに依存している。Canedo ら（2020）が示唆するように、「デジタル技術は都市の問題解決を向上させることができるが、スマートシティの枠組みと技術のより一般的なイデオロギーとの間の頻繁な整合性には依然として問題があり、都市についての考え方、統治方法、都市への参加方法に影響を及ぼしている。その結果、「都市はスマートさを達成する責任を負わされる、つまり、技術的に先進的で、環境にやさしく、経済的に魅力的な都市という特定のモデルに固執する一方、『多様な』都市、つまり、異なる発展の道をたどる都市は、暗黙のうちにスマートさを逸脱した都市と見なされる」という「スマート・メンタリティ」が生み出された。インド政府の政策イニシアティブ、特にスマートシティ構想は、都市管理の一部にテクノロジーとガバナンスが並存していると見ることができる。これは、インドールのような都市を変革するスマート廃棄物管理都市や、例えばニュータウン、コルカタ、ベンガルールといった他の場所でも見られる。

インドにおける技術の成長に対する考えは、実際に多くの政策的イニシアチブの支出に役立ってきたものだ。テクノロジーとガバナンスの役割を考察する論文では、特に気候関連政策における都市管理の考え方に注目している。テクノロジーの重要性が増している今、排出量をコントロールし、監視することが最も重要である。炭素排出が最大の関心事のひとつであるインドのような国では、排出に関与する産業や個人、その他の単位に管理メカニズムを活用するのが理想的なシナリオだろう。特に都市部では、エネルギー効率だけでなく資源の最適化も重要な課題である。健康、技術、交通の各分野に関連するこれまでの議論は、いずれも排出量に関連する効率性をコントロールする役割を果たすものであり、スマートな都市づくりに関連するガバナンスに大きな役割を果たすことができる。インドのスマートシティの将来計画は、エネルギー効率の高い都市という考え方に基づいたエコシステムと都市環境を構築するためのベビーステップを踏んでいる。それは、エネルギー効率の高いシステムのための技術を実際に構築することができる、環境に優しいシステムを構築することである。近代的で先進的な都市社会のほとんどは、すでにエネルギー効率の力を活用している。

インドの都市は、世界的な気温の上昇、無計画な都市化、無秩序な排気ガスなど、計り知れない課題を抱えている。都市統治、特に公害削減と排出規制の問題を改善するためには、テクノロジーを大いに活用する必要がある。それはすでに、汚染浄化装置の置き方を見ればわかる。これは、排出ガス関連データに基づいて収集されたデータに基づいて発表されたものである。都市ガバナンス、特に地方の政策決定レベルから技術を導入することが重要である。データの重要性を正しく理解した上で、ガバナンスの側面が入ってくる。エアコンを制御する技術、電気自動車、エスカレーターやエレベーターなどのアメニティは、すべてひとつの都市社会の一部である。インドにおける都市社会の勃興と成長は、全体として計画性がなく、性急なものだった。そこで、公共政策機関の役割を都市から小さな町へと拡大し、技術的に支援された統治に関連する事項の成長と進化のために、次のステップに進む道を示す必要がある。これは、スマートシティ計画の登場以来、インド政府が力を入れていることだ。資源利用の最適化と統一はまだ達成されていないが、この 10 年間は段階的であり、大きな可能性を見せている都市もある。

電気通信産業の台頭は、インドを情報通信革命に押し上げた重要な分野のひとつである。一般市民と政府がより良いレベルでつながることができるようになったのは、インド全土に電気通信が普及し、成長したからである。英語のエリート主義やごちゃごちゃした雰囲気を取り払い、他の言語でさえ、大衆に手を差し伸べる方法に広がりを持つようになった。携帯電話は、農民やその他の社会から疎外された人々、そしてもちろん都市部のエリートたちに手を差し伸べるための主要な手段のひとつとなった。しかし、3つのセクションを混同することなく、農家に目を向けると、長い間、農家が天候や土壌パターンなどの情報を政府から与えられてきたことに、テクノロジーの役割を見出すことができる。これは、経済発展途上の現代社会において、たとえ階層化されたコミュニティであっても、テクノロジーとガバナンスがどのような役割を果たしうるかを示す典型的な例である。より大きなセクションにインパクトを与えるためには、ガバナンスの役割が重要であり、民間プレーヤーの役割も非常に重要である。データ通信料が安くなったことで、意味のある重要な政策にアクセスできるようになり、より大きな部分に影響を与えることができるようになった。インドの農業は、科学技術の出現以来長い間、初歩的な要素に依存してきた。

緑の革命のような政策の台頭は、インドを変えた技術力の賜物である。テクノロジーとガバナンスが一体となって、テクノロジーとガバナンスの架け橋となった先駆的な例のひとつである。技術や政策に関連したガバナンスの出現によって、インドにおける食料自給の第一歩が踏み出されたのである。それが、いつ、どこで、なぜ、どのように、技術の進歩を数えることができるのかということだ。研究としてのインドは、グローバル・サウスから、いかにテクノロジーがデータと情報へのアクセスで役割を果たしたかを指摘している。食料、健康、交通、特に持続可能な開発に関連するような重要な分野では、データの重要な追跡が非常に重要である。このように、インドはグリーン革命やテレコム革命などを例に、テクノロジーを活用してきた。ガバナンスに関連する問題としては、社会福祉、政府プログラムへのアクセスが政策介入において非常に重要な役割を果たしている。このことは、インドがある重要なマイルストーンを長期にわたって達成してきたことからもわかる。しかし、現在インドが直面している最大の課題は、政府が開発という大きな課題に妥協することなく、持続可能な開発目標とカーボンニュートラル目標のバランスをどのようにとるかということである。グローバル・サウス（南半球）の国は、容易ではないこの巨大な挑戦に直面している。

グローバルな領域におけるテクノロジーとガバナンスの未来：

Mulligan & Bamberger, (2018)は、「都市はスマ

ートさの達成に責任を負わされる-すなわち、技術的に先進的で、環境に優しく、経済的に魅力的な都市の特定のモデルの順守に責任を負わされる一方で、"多様な "都市、つまり異なる発展経路をたどる都市は、暗黙のうちにスマートから逸脱した都市としてリフレーミングされる」と述べている。

本稿は理論的枠組みやモデルを提案するものではない。しかし、その目的は、テクノロジーに助けられたガバナンスの進化の過程で、テクノロジーの役割がどのような役割を果たしてきたかを追跡することである。テクノロジーとガバナンスの考え方は、すべての国が社会と国民により大きな利益をもたらすために活用しなければならない一貫したプロセスである。テクノロジーが介入するという形で、ガバナンスの全体的な規模がいかに改善され、拡大してきたかということだ。政策に関連するメカニズムのアイデアは、技術の進歩が庶民にとっての価値という点で浸透するようにすることだ。独立以来、インドにおけるテクノロジーの役割は、宇宙技術、農業・食品関連技術、輸送、そして最終的にはエネルギー関連の発展という形で見ることができる。これこそがテクノロジーとガバナンスの物語なのだ。また、この記事／論文は特定の分野に特化したものではなかった。過去を土台とし、未来への方向性を示すことができるような物語を作ろうとしてきた。インドでは、将来的な課題という点で、政府が実際に庶民を助けることができるテクノロジーの応用にどのように取り組むかにかかっている。UPI を通じた技術的・政策的介入、銀行業務、健康関連については、すでに述べたとおりである。

データのプライバシーは、間違いなく現代における主要な懸念事項のひとつである。しかし、現代社会では、技術的なマイナス面という二律背反のバランスを取ることが理想的なシナリオである。ガバナンスや政策志向の決定には副作用がつきものだ。このアイデアは、より良い安全性、資源へのアクセスを提供し、素晴らしい社会を創造するためのガバナンスとテクノロジーを構築することである。このように、現代の人間社会は、特に都市レベルの政府に対する信頼が、テクノロジーを駆使した新時代の統治において頭打ちになっている。データ関連のガバナンスのもう一つの重要な分野は、デジタル空間のコントロールである。これは諸刃の剣のような働きをした。インターネット関連空間を把握することは、政策関連問題やガバナンスの意思決定において非常に重要な部分である。そこで重要になるのが、インターネットとサイバースペースの時代におけるガバナンスの次の段階だ。これには、人々、特に若者や社会的弱者をサイバー脅威から守り、安全な環境を促進することも含まれる。インドのようにサイバー詐欺や詐欺が世界で最も多い国では、ガバナンス機能が慎重に政策を決定することが重要である。インターネット、WhatsApp、その他のテクノロジー指向のコミュニケーション・チャンネルをコントロールすることも重要な役割を果たす。このようなシナリオがあるからこそ、テクノロジーとガバナンスの新しい時代が生まれつつあるのだ。

ハッテン（2019）は、「良いガバナンスは、良い経営、良いパフォーマンス、公的資金の良い投資、良い公共行動、良い結果につながる」と語っている。公共サービス機関のガバナーは難しい仕事に直面している。彼らは、ガバナンス、つまり、彼らが仕える組織の指導、指示、評価、監視に責任を持つ人々である。彼らの責任は、これらの組織の目標と目的に対応し、公益のために活動することを保証することである。利用者にとってプラスになる結果をもたらすだけでなく、これらのサービスに資金を提供する納税者にも価値を提供しなければならない。彼らは公共の利益と説明責任やコンプライアンスとのバランスを取らなければならない。多くの人がこうした責任を果たすことに困難を抱えていることは明らかだ。

ケーススタディのナラティブ・アプローチ：インドの4都市と都市計画への示唆

実証的なデータもなければ、前述のような理論的枠組みも提案されていない。むしろ本稿は、インドのような国でガバナンスがどのように形成され、どのような形となり、そして未来の次元へと進化してきたかを追跡しようとするものである。本稿は、テクノロジーとガバナンスの旅路が、長い年月の間にいかにお互いを受け入れてきたかを語っている。それは、テクノロジーの旅路と、ガバナンスとの協働におけるその進化を測るという点で、貢献しようとしている。学術的な理解では、ガバナンスの世界とテクノロジー、特にサイバー領域と情報技術分野の変容に注目した論文がある。同様に、保健や教育に関する著作もあるが、異なるセクターを組み合わせた分析は欠けているようだ。特に、歴史的な変遷にアクセスするという点で、インドに重点を置いたさまざまな分野に焦点を当てることが、本稿が貢献できる点である。前述したように、論文の流れという点ではそれなりの形になっている。教育、健康、サイバー領域、エネルギーなど、前述したようなあらゆる重要な分野におけるテクノロジーとガバナンスの要素は、その起源、進化、そして将来の道筋という点で、幾つかの転機を迎えている。インドのような国で、無数の課題を抱える世界で最も人口の多い国が、何百万もの人々に影響を与える政策指向のガバナンスのためにテクノロジーを実際に活用することができるのであれば、なおさら重要なことである。本稿では、テクノロジーとガバナンスの交差点に基づき、解決された、あるいは取り組まれたニュアンスや課題を繰り返し強調し、考察することに努めた。セクターに関しては、これまで挙げられてきたセクターの例が新たな方向性を生み出し、新たなチャンスを切り開いてきた。本論文は、研究ギャップへの貢献という点で、本論文の範囲を前進させるための実証的データを提供する今後の研究に新たな道を開くことを期待している。本稿は、インドが完璧に適合するグローバル・サウスにおけるテクノロジーとガバナンスの考え方を設定するのに役立つだろう。莫大な課題に直面し、数々の欠点にもかかわらず、それを克服してきた国として」、学者たちの研究と本稿からの抜粋は、テクノロジーがすべての問題の万能薬とは限らないということを浮き彫りにしている。テクノロジーがまだ混乱している分野はたくさんあるし、さらに重要なのは、それを仕事に生かすべき人たち、つまり私たちもまた、その適切な使い方に苦慮しているということだ。ヒューマン・インテリジェンスとテクノロジーが交差することは、ガバナンスが連動して取るステップの進化において極めて重要であり、重要である。人工知能の出現により、政府がテクノロジーとガバナンスの間にある未来のステップとして、主要な政策ステップを統治するのに役立つ政策決定のデータ駆動型および交差ベースのコンポーネントが幕を開ける。

インドのような国家が抱える、願望と環境の両立という課題：インドの都市が世界で最も汚染された都市の上位に常にランクインしているのは驚くことではない。過去 10 年間の環境報告書の大半は、インドの都市がいかに汚染されているかを報告している。一般的に公害と気候変動は混同されがちだが、シナリオはそうではないはずだ。気候変動、特に地球温暖化は、一般的に公害が原因とされてきた。汚染や排出を抑制し、持続可能な開発のバランスをとる方法を理解するためには、ガバナンスとテクノロジーの役割を活用することである。常に疑問が残る。本紙は一貫してインドの課題をテーマに取り上げてきた。前述したように、本稿は実証的というよりは叙述に基づくものである。インドのような世界で最も人口の多い国の課題は、後述するトリプル・フロンティアである。インドの都市は、公害とその付随的な影響との闘いという点で、テクノロジーを活用しようとしてきた。デリーはまず、デリー政府による統治の指令として、オッドイーブン方式を導入しようとした。しかし、テクノロジーの役割は遅れていた。テクノロジーはどのような役割を果たすことができるのかという疑問があるかもしれない。何よりもまず、同じ住所に登録されている車のデータ・ベースを、それが偶数で終わるものであれ奇数で終わるものであれ、実際に意味のある政策にするためには追跡する必要がある。つまり、4 人家族でナンバープレートがそれぞれ奇数と偶数で終わる 2 台の車を所有している場合、その家族は選んだナンバーに基づいて 1 台だけ車を持ち出すことができる。ここで、データベース管理と携帯電話決済による遠隔課税の役割が役に立つ。インドにはすでに技術があるが、公害問題の克服という核心的な課題に対処するためには、拡張された空間での導入が不可欠である。インドはまた、世界で最も長い地下鉄のひとつという形で、公共交通インフラの整備にも力を入れている。デリーの地下鉄では、シームレスな発券を導入し、料金を手頃なものに保っている。次にまた、AQI（大気質指標）をマッピングし、敏感なエリアに空気清浄機を設置することで、呼吸可能な空気の質を作るという点で、技術の利用が始まる。試験的なプロジェクトは始まっているが、汚染、貧困、人口といった課題が浮き彫りになっている。

コルカタ：ベンガル地方とインド東部

コルカタやブバネシュワールなどの重要な都市があるインド東海岸に目を向けると、自然保護や都市計画、技術関連のガバナンスを検討する役割は非常に重要である。インドの東海岸といえば、地球温暖化と気候変動により、東海岸の都市は毎年少なくとも 1 つのサイクロンに直面することが必須となっている。行政に多大な手間をかけるだけでなく、復興にもいくつかの課題をもたらす。ハイチやネパールのような貧しい発展途上国は、すでに自然災害や気候変動の矢面に立たされている。この現象について言えば、西ベンガル州政府はスンダリ樹木（マングローブ林）　、毎年形成されるサイクロン性低気圧の猛威を和らげるのに大きな役割を果たすとして、その保護に力を入れている。植樹が進むにつれて、東部の都市居住区は、特にコルカタからのサイクロンに対抗するためのスペースを確保できるようになった。これは先住民の知識が実践されている例である。また、土着の知識が実践されるとともに、地理空間マッピングや低気圧の位置情報技術の利用によってすでに見出されている知識の影響や影響も、統治機構の役割において重要な役割を果たしている。サイクロンなどの地理空間マッピングについて言えば、インドはすでに南アジア全体を代表して気候や大気汚染を監視する衛星を打ち上げるというイニシアチブをとっている。これは斬新な取り組みというだけでなく、気候や汚染マッピン

1.https://scroll.in/article/1032297/in-west-bengal-ambitious-efforts-to-plant-mangroves-yield-limited-results

グをよりよく監視するために、近隣諸国を支援するための措置を講じるという形で、国家ブランドを創造するというインドの大きな役割を意味する。さて、冒頭の話に戻ると、東部地域の都市を守るためのアイデアは、土着の知識に基

づいて行動し、来るべき不当な課題に対するガバナンスのためにテクノロジーを応用することにかかっている。ベンガルールという都市のもうひとつの物語的なケースは、常に別の課題の議論の中心であった。しかし、それは後ほど。今現在、コルカタにはまだ解決しなければならない課題がある。コルカタは公害が深刻な混雑都市のひとつであったが、テクノロジーと結びついたスマートな取り組みがすでに始まっている。これは、空気清浄機付きスマートバス（ ）、リサイクルショップ、スマートゴミ収集（ ）という形で、インドの他の都市でもすでに行われている。詳しくは後述するが、何よりもまず、山積みの課題を抱えるインドのような国にとって重要なことだ。山といえば、本稿ではデリーについて、その排気ガス問題や山ゴミの増加に関連する大きな問題について考察する。コルカタ市の話を続けると、大気中の粒子状物質という点で、コルカタ市は計り知れない課題に直面している。コルカタという都市が最も重要なのは、イギリス時代に作られた無計画な都市集落であったことだ。アメリカ、オーストラリア、ニュージーランド、カナダなどの入植植民地は例外だが、他の発展途上国や新植民地国のように、都市は常に課題に直面している。コルカタに話を戻すと、増加する都市定住の課題を克服するためには、排出の影響を減らし、生活の質を向上させるための衛星都市が最初の政策処方策となる。そこで、コルカタ市周辺のソルトレイク市やニュータウンなどのサテライト入団が実現した。これらは計画的な居住地であり、投資、拡張、改善のための計画や余地があり、テクノロジーを駆使した都市生活を提供する。その最たる例が、汚染レベルが低いコルカタのニュータウンである。また、都市計画、廃棄物管理、そして都市生活の質に関する省エネルギー、交通、データ管理を前面に押し出した本稿の最初の議論との関連性も、この新たな開発を新たな例として挙げることができる。

[1]https://www.hindustantimes.com/cities/kolkata-news/west-bengal-govt-launches-buses-with-air-purifiers-in-kolkata-to-beat-pollution-101686042102914.html

[1] https://timesofindia.indiatimes.com/city/kolkata/new-town-gets-one-stop-waste-to-wealth-store/articleshow/78689888.cms

ベンガルール：インドのシリコンバレー

これによって、私たちは東部から南部、つまりバンガロールやベンガルールへと移動することになる。その都市では、共通のテーマはあるものの、異なる挑戦があった。増加する都市定住、急ごしらえで必死に行われる無数の建設は、この都市に新たな課題を生み出した。ハイテク・ハブとしての台頭は、かつて軍のバラック居住区として作られたインドの庭園都市を近代的な都市居住区へと変えた。しかし、生活の質に関する都市問題のレベルや、都市人口の急増への対応は、いまだ不十分なままである 。バンガロールを事例として語ることで、急速な都市化、都市の排出ガス、そして生活の質、持続可能な開発、排出ガスへの対処という問題が浮き彫りになる。これらすべては、公共交通機関へのアドボカシーと集中によって調査し、解決することができる。バンガロールは、インド国民が欧米社会の物質主義に倣い自家用車を所有することに憧れを抱いていること、また5年前にも公共交通機関、特に大量都市交通機関への投資に対する政府の取り組みが不十分であったことが、大きな痛手となった地域のひとつである。バンガロールの公共インフラの整備が急がれるようになったのは、ここ5年ほどのことだ。それ自

https://bengaluru.citizenmatters.in/making-sense-of-bengalurus-messy-urban-development-data-117710

体が、都市居住者がやってきて都市空間を取り込むという問題を抱えている。バンガロールは、世界的なステップを踏襲し、インドの都市でもようやく、コルカタについて議論されたのと同じような政策的処方箋を含む協調的な対応策を打ち出そうとしている。バンガロールの都市問題への取り組み方は、まだ十分に理解されていないようだ。都市はすでに、都市生活における複雑な挑戦の増大というプレッシャーに直面

している。無計画な都市化は、データガバナンス、汚職のない行政、都市計画の構成要素の技術管理によってのみ解決できる厳しい課題である。しかし、言うは易く行うは難し。人口を再分配し、民間交通を減らし、そして公共インフラプロジェクトへの投資を得ることだ。書類上では、交通の便を良くする公共交通機関への投資が行われている。バンガロールは、都市化計画をあまり立てないまま都市化の波にさらされてきた都市のひとつだ。インフラと都市統治技術の橋渡しは、インドが将来の世代のために大切にしなければならないものであることは間違いない。ベンガルールは、都市資源の都市的不始末が問題を引き起こした典型的なケースである。インドのシリコンバレー"と呼ばれているに

---

[1]https://bangaloremirror.indiatimes.com/bangalore/civic/bengaluru-we-have-a-problem-its-our-lakes/articleshow/97289067.cms

かかわらず、都市計画をより良く、より正確にする必要があるのは皮肉なことだ。バンガロールは、交通渋滞や都市アメニティに関する独自の課題はあるものの、極端な公害都市には該当しない。テクノロジーとガバナンスの役割は、質の高い生活という考え方が、都市の快適さをいかに発展させるかにかかっていることを象徴している。持続可能な開発メカニズムを構築するための都市環境では、特にインドの都市についてすでに述べた点が、今後の課題と圧力に焦

点を当てることになるだろう。水域の改修、公共交通機関の利用奨励、民間交通機関の抑制、都市インフラの改善などである　。2070年までのカーボンネット・ニュートラルという目標に向けてインドを前進させることができるのは、都市インフラの整備と都市の成長である。急速な都市化と、すでに押し寄せてきている極端な課題の中で、この挑戦は極限に達している。ベンガルールは、シンプルだが達成可能なスマート・ソリューションを推し進めることで、その一端を垣間見ることができる。交通システム、エネルギー監視、都市計画などは、テクノロジーとガバナンスの連携という観点からすでに語られている。次に、政策の処方箋となるような簡単なステップの問題が出てくる。

ムンバイ：西海岸から見たインド最大の都市

ムンバイは、人口の急増と住宅問題を含む公共インフラのきしみによって、インドと世界で最も混雑し、広く影響を受けている都市のひとつである。ムンバイは現代における都市開発の課題を、減速することなく、怠ることなく表現している。インドの西海岸に位置するこの都市は、都市人口の圧力や海面上昇の影響を受けやすいだけでなく、住宅問題を抱える悪夢のようなインフラを抱えるなど、解決すべき問題が山積している。ムンバイはすでに3本柱で取り組み始めている。1つ目は、海から土地を埋め立てて交通事業やインフラを建設することである。このことは、無計画な道路、オープンスペースの不足、道路を走る自家用車の増加のために常に問題となっている交通への圧力を軽減するという重要な意味を持っている。そこで、公共インフラ、特に交通機関の積極的な拡充を推し進めるという第二の側面が登場する。ムンバイは、人口圧力が極度に高い郊外から流入してくる人々によって、ローカル鉄道網に過度の圧力がかかるという弊害に常に直面してきた。そこで、高速大量輸送の拡大が大きな役割を果たし、注目されている。次に、ムンバイの都市生活の質の

---

[1]https://m.timesofindia.com/city/mumbai/how-planning-and-development-of-mumbai-can-involve-citizens/articleshow/100691710.cms

問題である。ムンバイは、アジア最大のスラム街を抱えるという、不名誉な評価を得ている。そこで、サテライト・タウンシップや都市の開発が、都市定住を減らし、不法占拠を減らす上で大きな役割を果たす。ナビ・ムンバイは、より良い空間管理、公共設備の改善、都市排出ガスの削減を実現したプロジェクトの例である。この2つの都市を結ぶことは、ムンバイにとって最初の一歩である。同様のプロジェクトは、コルカタ、デリー、そしてここには書いていないがベンガルールや他の都市でも行われている。インドは自らをスーパーパワーとして、また誇

り高き新興国として売り出したいと考えている。しかし、政治的、社会経済的な課題を除けば、それを実現するためにまず注力しなければならないのは、国民に質の高い生活を提供することである（）。アジア最大のスラム街であるダラヴィのスラム街では、物質的な所有という観点から生活水準を測ることができる。しかし、空港近くの街のはずれに立つスクワットのような部屋を訪れれば、都市の貧困とそれに伴う都市の新たな課題と戦っている発展途上国の他の国々に匹敵するような集落で溢れている。ムンバイとインド政府は、次世代にとってより良い、あるいはより良い生活の展望を提供できるような都市づくりに取り組む必要があり、これまでもある程度取り組んできた。インドの他の都市と同様、最大都市としても知られるムンバイ市は、市民が責任を感じていなかったり、知識や意図に欠けていたりする問題に直面している。発展途上国の都市は、市民の積極的な参加、あるいは参加するための道徳心や教育が欠けているという問題に直面している。ムンバイは、インドの他の都市にも当てはまるかもしれないが、ムンバイのこの問題は非常に顕著である。規律、積極的な市民参加、テクノロジーとガバナンスの役割は、コヴィド 19 世の時代にインドにもたらされた。根深い汚職やその他の問題もあるが、こうしてインドの各都市の物語は前進していくのだ。インドのような人口過剰の国では、雇用や雇用の源泉は大都市周辺にあり、都市再定住の推進力はすでに十分に強調されている。資源の配分は、21 世紀の挑戦にとって極めて重要である。インドは多くの課題を抱える大国であり、本稿では、都市の人口圧力、公共交通機関の不足、都市インフラという共通のテーマを持つ全国 4 大都市について紹介する。ムンバイは、上記の他の 2 都市と同様、この問題に注目しているが、その中で、テクノロジーとガバナンスの役割を見失いたくはない。先に述べたように、ムンバイは多くの困難に直面してきたが、それでも強くなってきた。今年末の開通を目前に控えた沿岸道路プロジェクトなどの新しいプロジェクトは、移動時間を短縮する革新的なインフラ整備の現代的な例である。交通データの記録とインセンティブ、そして罰という点で、移動のしやすさというコンセプトもまた、都市生活への圧力を緩和するために重要な役割を果たすことができる。都市再開発に関しては、ダラヴィのスラム街全体が現在、空間配分の面で再構築を受け、基本的なアメニティの提供に基づいて再設計されている　。これらは、グローバル・サウスの混雑した都市に住むという新たな経験を生み出すための、ささやかで重要な一歩である。最後に、都市の課題という点で、デリーを紹介しよう。

デリーと首都の難問

デリーは古い歴史を象徴する古い都市だが、同時に、停滞し、人口が増えすぎ、厄介な都市生活を思い起こさせる都市でもある。ニューデリーは、都市の危機と問題に対処するための都市居住区として誕生した新しいバージョンの都市だった。デリーは常に世界で最も汚染された都市にランクされており、その関連で対策が取られているが、まだ不十分であることが証明されていない。化石燃料の排出を削減するために電気バスやガスバスの数を増やしたが、まだ削減

[1]https://asia.nikkei.com/Spotlight/Asia-Insight/Mumbai-slum-residents-stand-up-against-Adani-s-redevelopment-plan

は難しい。これは、都市密度、民間交通機関、そして先に他の都市について述べた要因と一定の共通点がある。しかし、デリーはインドの全都市の中で、都市交通のカバーする距離が最も長い。しかし、本当の問題は、デリーを取り囲む近隣の州から排出される工業排出ガスと農業関連排出ガスにある。そこで、地球温暖化、気候変動、都市管理の問題に関連するテクノロジーとガバナンスの役割について、もう一度考えてみよう。デリーはこのイニシアチブの代表的な例となりうるし、インド政府はこのイニシアチブの中でどのような役割を果たすことができるのか。デリー政府は近隣の州と協力して排出量を削減し、適切な政策変更を行うために努力

している　。テクノロジーは、地理空間画像、ヒートマップ、除湿機や空気清浄機を設置する政策の導入などを通じて、先に述べたような方法で重要な役割を果たすことができる。これらは莫大な資金を必要とするプログラムだが、それは可能だ。実際、世界銀行はすでに、こうした路線に基づいて特定のインフラを整備するための融資を行っている。デリー周辺の工業地帯は、すでにデリー川やヤムナ川を汚染し、世界で最も有毒な大気の原因となっている。このような問題に対処するための大規模なイニシアチブの欠如が、すでに多くの問題を引き起こしている。デリー郊外ではゴミの山が増え続けており、都市ゴミ処理の問題もデリーの頭痛の種となっている。これは、テクノロジーとエビデンスに基づくガバナンスの役割が役立つ主要な分野である。というのも、デリーのようなさまざまな課題を抱える都市環境では、問題は計画と投資の欠如から始まっているからだ。同じ国のインドールのような都市では、人口が少なく混雑しているにもかかわらず、新興企業がゴミの分別に取り組んでいる。デリーは文字どおり、時間を借りている都市のひとつだ。デリー政府は中央政府との官僚主義的な争いの中で、肝心な

[1]https://www.newindianexpress.com/cities/delhi/2023/may/16/experts-brainstorm-on-strategies-to-improve-air-quality-in-delhi-2575552.html

はずの多くの政策実施を逃してきた。テクノロジーとガバナンスの役割は問題解決の鍵であるが、市民を中心としたガバナンスへの焦点はまだ実装に欠けているため、紙の上での提案だけではうまくいかないだろう。デリーはインドの首都であり、地球温暖化や気候変動という現実的な問題とは別に、社会経済的、政治的な問題に直面している。インドの都市問題を解決する

[1]https://scroll.in/article/1036752/state-pollution-control-boards-in-india-neither-have-enough-staff-nor-expertise

には、多方面からのアプローチが必要だ。デリー政府は公共交通機関やインフラ整備への投資を増やそうとしたが、まだ足りない。農業廃棄物の排出や産業ベルトの排出の問題は言うまでもない。特定の大都市に対するこの種の圧力は、世界的な文脈でも存在するが、中国、インド、アジア全般の人口圧力は、それをさらに困難なものにしている。現代においても、インドの一人当たりの排出量は、アメリカやヨーロッパの他の西側諸国よりも少ない。デリーは、特にインドの首都であり、行政の総本山であることから、許容される生活水準を満たす都市づくりに向けた取り組みに一貫して失敗してきた。ノイダやチャンディーガルなど、デリーを中心とするインドの首都圏には計画都市が誕生してい

るが、持続可能なデリー都市を作るという課題は欠けていた。

アジアから世界へ、インドが先導する持続可能な世界の未来への希望：

従って、近い将来、いくつかの挑戦が待ち受けていると言える。インドを例にとると、都市計画の課題が浮き彫りになる。全世界が一致団結することが不可欠であり、特にアジア諸国はそのために強いイニシアチブを取る必要がある。アフリカの他の大陸、特にサヘル地域でも深刻な干ばつに直面しているし、ブラジルのアマゾンの熱帯雨林も森林火災による破壊に直面している。人類の3分の2を擁する大陸が重要な役割を果たす必要があり、その中で最も人口の多い国であるインドと、その隣国で2番目に人口の多い中国が重要な役割を担っている。スマートな都市計画、ナワミ・ガンジ・プロジェクト（ガンガーの若返り）　のような河川生態系管理は、国連によって世界の持続可能な開発に関連するトップ 10 プロジェクトの 1 つに挙げられている。これからの世界の重荷は、中国、インド、アメリカという人口の多い3カ国にのしかかるのだから。そのため、インドは環境保護と持続可能な開発に関する現在の野心的なプログラムの下で、L.I.F.E. (Lifestyle for Environment)　や国際ソーラーアライアンス（I.S.A.）といったイニシアチブを打ち出している。 これらのイニシアティブはいずれも、自動車への化石燃料の使用を削減し、サトウキビの搾りかすから作られるエタノールなどのバイオ燃料に置き換えるという政府

---

[1]https://avenuemail.in/global-recognition-to-namami-gange-programme/

[1]https://www.thehindu.com/news/national/pm-modi-launch-mission-life-presence-u-n-secretary-general-antonio-guterres/article66035847.ece

[1]https://www.pv-magazine-india.com/2023/06/15/india-france-discuss-isa-priorities-for-accelerating-global-energy-transition/

の後押しによるものである。また、F.A.M.E. (Faster Adoption and Manufacturing of Electric and Hybrid Vehicles)（電気自動車・ハイブリッド車の迅速な普及と製造）スキームの下、 電気自動車の普及も推進されている。電気自動車が汚染レベルを削減するという決定的な証明はまだなされていないが、2070 年までに排出量を正味ゼロにするという野心的な目標に向けた一歩一歩である。インドのような国にとって、これは大きな問題であり、現在の排出量を見ても、一人当たりの排出量は大国の中で最も少なく、2030 年の持続可能な開発目標の目標に沿った唯一の国のひとつである。まだ長い道のりがあるが、インドには古くから、持続可能で生分解性のある資源を利用する知識や考え方があった。インドは、現在の世界と現代の人類文明が前進する

ためのマントルを握っている。インドの小都市から進出してきたクリーンテックや農業関連の新興企業は、将来の課題解決のために手を貸そうとしている。このように、21 世紀を前進するインドの大局は、急速に発展する国家の熱望的なニーズと、持続可能な発展を維持するための課題との間でバランスを取ろうとしている。地理的な現実とは別に、多様な国土と多様な民族を抱えるインドは、このような「22 のキャッチボール」の状況にある。ガンジーはかつて、「われわれはすべての人の必要を満たすだけのものを持っているが、ひとりの人間の欲のためには十分ではない」と言った。このガンジーの哲学は、インドだけでなく、すべての国が守る必要があるが、もっとも重要なのは上記の理由からインドである。最後に、これは反省的な物語構造の論文であり、論文の今後の方向性は、これらの言及された点を回顧し、実証的知見を通じて論文の物語をある程度証明し、反証するために実証的データを進めることができる。

---

[1]https://m.timesofindia.com/business/budget/govt-budgets-for-green-growth-but-experts-call-it-inadequate-to-tackle-air-pollution/articleshow/97559795.cms

ユニット 2: アジア

アジアと、経済統合のためのグローバリゼーションのさまざまな成長側面

はじめに

イエス・キリストの生涯に基づき、時代は紀元前と紀元後という形で2つの時代に分けられるという考え方が広まっていた。その象徴的な救世主は、世界の歴史を2つの異なる境域に分けた。ひとつはキリストの誕生前、もうひとつはキリストの死後である。世界的なコビト 19 の大流行も、まさに同じように見ることができるだろう。同じような見方ができるのは、covd19 パンデミック以前の世界と、まだその過程にある現在であり、covid19 以降と考えられる時期を探すことである（Yunling, 2015）。コビド19のパンデミックの過程で、世界の政治、経済、社会の考え方が変容しているのだ。統合が進み、グローバリゼーションが加速している世界では、大きな抜け穴が残されている。この予期せぬパンデミックの時代において、世界の政治、経済、貿易、そしてそれに関連する社会もまた変化している。*15*世紀の黒死病の時代から*20*世紀のスペイン風邪に至るまで、世界保健機関（WHO）が存在していれば、世界はパンデミック（世界的大流行）と呼べる伝染病に直面していたと言えるかもしれない。しかし、今日の世界は人口が増えただけでなく、最も重要なこととして、よりつながり

が強くなっており、その影響は誇張なしに広範囲に及ぶだろう。

本稿の考えは、*「ネオリアリズムはアジアを駆ける新しいリアリズムである」*かどうかを*理解することである。*これは、この論文を執筆する上での中心的な問題である。ポスト・パンデミックの世界と、BRICS の 2 カ国とともに最も重要なプレーヤーとして台頭してきたアジアの新たな動向について、本稿では掘り下げてみたい。

グローバル・ノース対グローバル・サウス

コビド 19 の危機は、完全に砕け散ったわけではないにせよ、すでにグローバル化が崩壊していた時代に生まれた [1] 。世界が複数の難題に直面した時期もあった。世界大戦や伝染病は、経済不況や社会的緊張と相まって、世界の歴史に蔓延している。しかし、一方ではグローバリゼーションの限界に達し、他方では前例がないとは言わないまでも、不信と疑念に基づくデカップリングという、対照的な時代の世界はどうあるべきかという疑問が出てくる。covid19 は、「グローバル・ノース対グローバル・サウスの開発アジェンダ」あるいは「西側に対する東側の社会経済的・文化的衝突」といった地政学的な対立の間にある世界の障壁を打ち破り、新たな章

---

[1] (2020 年、スティーブン・A・アルトマン) 「コヴィド 19 はグローバリゼーションに永続的な影響を与えるか?

を作る時代のひとつである。この間には、覇権国だけが世界をリードするのではなく、集団的な立場の大国の集合体が世界をリードする責任があるのか、という重要な問いがある（Chee, 2015）。また、この考え方の延長線上には、世界的に北対南、東対西に分断されたグローバルな象限において、力学の見直しや修正が起こっているのではないかという考え方もある。それは、西側の傲慢さや虚栄心では満たされないかもしれない挑戦だが、もしかしたら新たな世界秩序を見据えたものなのかもしれない。

理論的枠組み

本稿の理論的枠組みは、「領土化」という概念に基づいている。インドと中国は、自国の主権を守るというコンセプトをどのように使っているのか。それは、物理的、経済的、文化的に領土が失われることであり、もうひとつは、物理的、社会経済的、文化的に影響力がなかったり、弱まっていたり、失われていたりする領土で、同じものを取り戻すプロセスである。

経済統合

今、最も重要な問題は、グローバルな統合の経済的、政治的方法についてである。このアイデアは、現在の世界的な大流行が社会経済的な激変の新たな波とその波紋を生み出しているというものだ。さて、このグローバル・システムのアプローチを絞り込むなら、変化をめぐるこの世界的な状況の渦中にある大陸に絞り込もう。パンデミックの波の変化の嵐の渦中にある大陸は、アジアであろう（Zhao, 2020）。アジア大陸には豊かな歴史があり、非常に長い間、世界の文化的、政治的な物語の最前線にいた。世界人類の文明史を振り返れば、インダス　文明、メソポタミア　文明、シュメール文明、中国文明、さらにはエジプトを　西アジアの延長と考える*エジプト文明など*　、アジア大陸が世界文明の発展の光明であったことは明らかだ。ギリシャ文明とローマ文明だけが、西欧世界から生まれたと見ることができる。日本、中国、インド、ペルシャ、アラビア、トルコ、そして東アジアから西アジアへの架け橋となる*ロシアなど*、文化的な領域で見ても、アジア大陸が人類文明の文化的縮図を牽引してきた重要な原動力のひとつであることが証明されている。そのため、アジアは独自の重要性を持っている。

さて、アジアといえば、植民地時代には*中東と*呼ばれていた*西アジア*地域が非常に重要な役割を担っている。世界で最も重要な戦略的地域のひとつであり、もちろんアジアでも西側諸国がいまだ係争中である。正義と民主主義、そして人々の生活向上のための戦いは、彼ら自身の戦いなのだ。パンデミック（世界的大流行）の時期には、レバノンの情勢不安、パレスチナ問題、そして2021年に延期された*2020年ドバイ万博*

*や 2022年カタール・サッカー・ワールドカップ*への懸念や遅れといった経済的脅威が迫っていた。したがって、ヨーロッパ、アフリカ、アジアにつながるアジア西部は、サプライチェーンとしても非常に重要な役割を担っている。イランへの制裁やサウジアラビアの内政は、特に今の時代、破滅的な割合になる可能性がある。イスラエルとパレスチナの問題をめぐる緊張[2]、レバノンとは別にヨルダンの脆弱な経済、そしてもちろん、復興の道筋が見えない荒廃したイラクとシリアは、長期的な解決策がない最も差し迫った問題の一部であり、さらに悪いことに、世界的な大流行が到来している。大惨事と世界的大流行といえば、最悪の人道危機はイエメンである。今こそ、世界はこの地域に対して新たな目を向けるべき時なのだ。[3]

さて、問題は、アジアをもっと詳しく調べようとする前に、西アジアやその他のアジア地域について深く調べようとする前に、アジアを理解すること、そしてなぜアジアが重要なのかを理解することが不可欠だということだ。アジアの政治と今日の世界は、おそらく世界の他の大陸

---

[2] (Daniel Avelar & Bianca Ferrari, 2018) ”Israel and Palestine a story of modern colonialism” イスラエルとパレスチナ、近代植民地主義の物語

[3] (Navdeep Suri and Kabir Taneja, 2020) は The Hindu.com からアクセス：「西アジアとの溝を埋めるパンデミックの危機

よりもつながっている。ヨーロッパから他の大陸に目を向けると、欧州連合（EU）自体が一般論としては閉鎖的な連合である。ブレグジットは言うまでもない。大西洋をさらに下ればアメリカがある。北の戦線では、アメリカは間違いなく Cov19 危機の影響を数字で受けている。アメリカはパンデミックへの備えという点で、最も優れた国としてランク付けされていたが、現実の世界では、自由世界の擁護者であるはずのアメリカがコビド 19 の封じ込めに苦慮していた。一方、カナダは決してグローバルプレーヤーではなかったが、国内の生活水準という点ではその地位を維持している。コビド 19 のパンデミックの時でさえ、カナダは当初苦しんでいたにもかかわらず、人口数の減少やその他の対策のおかげで何とか軌道に乗ることができた[4]。最後になったが、北米本土にはメキシコがある。メキシコは新興経済国であり続けているが、それぞれ繁栄し、強力なカナダとアメリカに囲まれ、囲まれている。世界政治におけるその役割が、言及された 2 つの国のために深刻な影響を受けていることは言うまでもない（Velasco, 2018）。

[4] (Raluca Bejan and Kristina Nikolova, 2020) accessed from Dalhousie University "How Canada compared to other countries on covid19 cases and deaths".

北アメリカ大陸の終わり、南アメリカ大陸の始まりの前に、中央アメリカ大陸の小さな部分がある。インド亜大陸のような地域だが、貧困にあえぐ〝バナナ共和国〝と、米国の資金によって発展したパナマという例外に分断されている。カリブ海には、ハイチやキューバのようにマンネリ化した島もあれば、ドミニカ共和国やバハマなど、パンデミックの脅威にさらされながらも繁栄している島もある。世界的な文脈の中で、なぜ、そしてどのようにこれらが重要なのかという疑問が前に出てくるかもしれない。それは後で答える。アメリカ南部は、世界の新興地域において社会主義と平等主義社会の新たな希望として、少し前までは見られていた。植民地主義の古傷と、さらに古い文明とその思想が並存する社会は、南米の偉大な役割のためにある。しかし、アルゼンチンの通貨危機から始まり、ブラジルの困窮と頽廃の果てへの放浪は、南米を破綻させた。ライバル関係にありながら、アルゼンチンとブラジルという２つの大国への期待は、ある種の没落を招いた。ペルーやチリのような国々は問題を抱えながらも経済的に成長しているが、ラテンアメリカへのトリクル効果という点では、彼らの繁栄はほとんど重要ではない。

アメリカの北部と南部、中央部とカリブ海地域という考え方は、多くの国々、そしてそれぞれの役割、願望、成功と失敗を交差させている。

さて、アジアに戻ると、植民地時代から最も重要なのはアジアの西部、中東とも呼ばれる地域である（Ramadhan, 2018）。しかし、ここでの記事のように、簡単にではあるがアメリカを見て回ったのは、アジアが世界で最も重要な役割をどのように、そしてなぜ担っているのかに注目させるためであった。中東に話を戻すと、この地域が果たすべき役割は重要である。西アジアは、植民地体制によって複雑化した人工的な国境を持つ国々という点で、激変を目の当たりにしてきた。次に、ガバナンスと民主主義という重要な側面がある。アジアだけでなく、世界全体にとっても重要な地域である。したがって、西アジアは常に世界の重要な地域であり、その激動する性質は、地政学的な面でも世界を動かしてきた。歴史的な時代から激動の震源地であったこの地域が、いかにして平和と繁栄をともに歩むことができるのか。歴史的に紛争が絶えなかったこの問いに、単純な答えはひとつもない。

西アジアには歴史的な対立があり、それがエネルギー政治や植民地支配によって複雑化した。ヨーロッパ列強は、今日の国々を支配し、独立した誇り高き国となった。しかし、中東世界は宗派や宗教の違いで分断され、人々の声は常に後回しにされてきた。状況は、宗教や政治的意見などを超えて人々を管理する独裁政権によってコントロールされていた。これらは、特にアメリカとロシアという世界の2大国という形で、常に外部からの介入を許してきた属性である。アジアの世紀と謳われ、この 20 年でアジアは間違いなくそれを実現する道を歩んできたが、アジアの連帯の第一歩として西アジアに目を向ける必要がある。戦禍に見舞われた国々を抱える西アジア地域は、アジアにおける2つのイスラム勢力の代理戦争の戦場となっており、この大陸にとって良い兆しはない。この地域のエネルギールートと重要性は、アジアと世界にとってだけでなく、[5] 。世界で最も豊かな国のいくつかを持つこの地域は、特にヨーロッパにとって、最も難民を排出する地域のひとつにもなっている。これらは、時間を要するものの、検討し、整理する必要がある最大の疑問のいくつかである。

アジア経済統合

中央アジアはヨーロッパとアジアの架け橋であり、言うまでもなくロシアの裏庭でもある。中央アジアはエネルギーが豊富であるにもかかわらず、落ち着いている。政治的な揉め事や、むしろ軍事力の誇示があったことは言うまでもないが、そこでの政治的バランスはロシアに有利

[5] (F. Rizvi, 2011) accessed from onlinelibrary.wiley.com ”文明の衝突という社会的想像を超えて”.

であり、世界との違いはほとんどない。アジアにとっての重要性という点では、中央アジア地域はかつて絹貿易の一大中心地であり、ソ連政権後はエネルギー政治の温床となった。ロシアはこの地域を支配下に置こうとし、積極的でさえある。2008 年、グルジアはロシアに攻撃されたが、グルジアの近隣諸国と同様、世界も黙っていた。covdi19 が危機的状況にある現在、中央アジアは比較的影響を受けておらず、トルクメニスタンのような国々はすでに通常のシナリオモードに入っている。今、中央アジアはソ連体制以降、かつてないほど重要になっているのではないかという疑問が生じる。答えはイエスだが、それでもロシアの影響下にある。その結果、アジアのこの地域は世界政治において非常に重要なプレーヤーとなった（フォーリン・ポリシー、2020 年）。中央アジア地域の構想は、ロシアとのバランスを取りながら、それぞれの地域を発展させ続けることだ。これはアゼルバイジャンのような特定の国に起因するもので、カザフスタンやウズベキスタンのような国々は依然として主権を保持している。

今問われているのは、中央アジア地域がこれほど重要なのはなぜなのか、そしてアジアにおけるより大きな繁栄と協力のために、中央アジアはどのような一歩を踏み出すことができるのか、ということである。そのためには、中央アジア諸国が一丸となる必要がある。*ユーラシア連合*や *上海協力機構の* 一員ではあるが、これらの組織はまったく異なる提案を示している。前者はどちらかというと、ロシアが主導権を握り続けるために作られた連合体のようなものだ。一方、後者はより多国間的で、中国、インド、パキスタン、そしてもちろんロシアを含む複数のプレーヤーがいる。したがって、中央アジアを利用してエネルギー・インフラ・プロジェクトを構築するための第一歩として、このプラットフォームが検討される可能性がある。これが最初のプラットフォームであり、ここから、特にエネルギー安全保障に関しては、政治的な駆け引きにもかかわらず、アジアの繁栄を共有することができるのだ。中央アジアの国々のほとんどは民主主義が機能していないか、民主主義もどきである。繁栄という点では、先行している国もいくつかあるが、中央アジアの国々の中には、人間開発の面で問題を抱えているにもかかわらず、インドのような国が参入できるような、人間開発がまだ低い国もある。中国がすでに近隣に投資していることは言うまでもないが、自分たちの独占的な裏庭と考えているロシアを怒らせたくないのかもしれない。

アジアにおけるエネルギー回廊の構想、そして最も重要なのはエネルギー貿易の力学であり、中央アジア地域が最も重要な位置を占めている。タジキスタン、トルクメニスタン、カザフスタン、ウズベキスタンなど、「スタン 」で終わる国々が多く含まれる中央アジアの国々に目を向けると、カザフスタンも大きな国である。貿易相手国はアジア諸国が多い。中国はすでにこれらの国々に多くの投資を行っており、インドもエネルギーと安全保障政策の観点からこの地域に注目していることは言うまでもない。しかし、このパンデミックの後、すべての国の方程式は変わり、特にアジア諸国はより橋渡し的な役割を果たし、「アジア・エネルギー圏」を前進させることができるだろう (Ramadhan, 2018)。サウジアラビア、カタール、イランといった西側諸国から、ウズベキスタン、カザフスタンといった中央アジア諸国、さらには南アジアや東南アジアに至るまで、アジアのエネルギー生産国全体というアイデアは、突飛に見えるかもしれないが、可能性はある。実際、中国とインドがアジアとヨーロッパを結ぶ貨物列車を運行しているように、エネルギーパイプラインという形でも実現する可能性がある。一部の分野では投資が行われているが、まだまだ期待できることはたくさんある。チャバハル港を擁するイランは、西側の制裁を現実的に乗り越え、新たなエネルギー・貿易ルートとして浮上した。

一帯一路」構想のような中国が夢見るプロジェクトだけでなく、同じような、より包括的なインフラ整備が始まれば、中央アジア地域全体がインフラ整備に乗り出すだろう。中央アジアは、アジアがエネルギーの確保、インフラ整備、そして最も重要なことは、人々の生活のための繁栄を発展させることを夢見ることができるプラットフォームとなる可能性がある。そのような国もあれば、国としてのアイデンティティをつかみかねている国もあり、その方向性を見出すにはまだ時間がかかりそうだ（Narins & Agnew, 2020）。しかし、重要なことは、インフラとエネルギー取引、そしてバランスの取れた地政学的見解が相まって、この地域に繁栄をもたらすことができるということである[6]。過去40 年ほどの間、経済成長と貧困削減という点ではうまくいっていたにもかかわらず、大きな経済発展の道を歩んできたアジアは、さらに一歩前進する必要がある。そこで登場するのが中央アジアの役割だ。ヨーロッパはエネルギーの面でロシアに依存しているが、他の中央アジア諸国とも貿易を行っている。しかし、アジアに関して言えば、中央アジア諸国は注目すべき市場をたくさん持っているし、前述のように、この地域をアジアのすべての地域がつながる場所として構築するための協力の可能性も持っている

[6] (Eleanor Albert, 2019) accessed fromThediplomat.com ″Russia, China's neighbourhood energy alternative（ロシアと中国の近隣エネルギー代替案）″

。大陸開発のための経済的繁栄という共通のビジョンをめぐって起こりうるつながり。

中央アジアから経済発展と繁栄の文脈を辿ると、東アジアの地域に目を向けなければならない。一人当たりの所得や発展という点では、西ヨーロッパ、アメリカ、カナダ、オーストラリアの一人当たりの所得にわずかに及ばないとはいえ、アジアのこの地域がアジアの夢を真に飛躍させたことに疑いの余地はない。ヨーロッパとアメリカを除けば、非常に早い段階で工業化されたアジアの一部は、東アジアの奇跡（[7] ）を通じてアジアの成功の頂点に立った。東アジア地域に目を向けると、ヨーロッパ大陸のような小国でありながら、日本、韓国、台湾、香港、マカオなどの重工業国やビジネスの中心地がある。アジアの東部には、欧米列強を寄せ付けず、それどころか帝国国家そのものであった唯一のアジアの国、日本がある。第二次世界大戦中、核兵器による大惨事という悪名高い事件で壊滅的な打撃を受けたが、アジアの主要な製造拠点のひとつとなった。今日、日本はコビド 19 のパンデミックに苦しみ、東京オリンピックが開催

[7](Birdsall, Nancy M. Campos, Jose Edgardo L. Kim, Chang-Shik Corden, W. Max MacDonald, Lawrence Pack, Howard Page, John Sabor, Richard Stiglitz, Joseph E. 1993) accessed from documents.worldbank.org "東アジアの奇跡：経済成長と公共政策".

されるかどうかという不安も抱えている。オリンピックはすでに来年に延期され、アベノミクスは製造業とサービス業を強化し、日本を若返らせようとしているが、その前途には困難が待ち受けている。

今、最も重要な問題は、東アジアがどこに出てきて、アジアを、そして世界を次の段階へと導くことができるかということだ。そこで登場するのが「中国」の役割だ。歴史的な時代から現代に至るまで、植民地支配を除けば、この国は常に世界の主要かつ重要な部分を占めてきた。古代文明と豊かな文化圏を誇る中国は、長いイノベーションの歴史を持ち、現代では世界の″メーカー″としての役割を担っている（Minghao, 2016）。時間軸を量子的に飛躍させ、西欧の先進工業国を追い越して、今日中国は、ビジネスと貿易の壮大なスケールでアジアを前進させ、パワーバランスを西側から「*アジアのピボット*」[8]。中国については、地政学的な問題、人権侵害、あるいは重要な内政機構など、さまざまな問題が指摘されているが、今日、中国がアジア政治の中心であり、西側の軍事力に挑戦する唯一の大国であることに疑いの余地はない。しかし、より重要な問題は、中国の台頭が平和的な

---

[8]（プレメーシャ・サハ、2020 年） accessed from orfonline.org ″From 'Pivot to Asia' to Trump's ARIA: What drives US current Asia Policy?

ものであったかどうかということである。この答えは非常に一般化されたものだが、「アジアン・パックス・レンズ」（Lu et al.）

東アジアの奇跡は、韓国、日本、中国といった国々を貧困から脱却させ、今日の世界で最も重要な経済大国へと押し上げた奇跡である。コビド 19 のパンデミックとパンデミック後のアジアをリードする東アジアの役割は、現代において非常に重要である。すでに韓国は成功事例として浮上している。同様に、中国も、ウイルスを世界に知らしめた当初の秘密主義や、ウイルスの蔓延を許したことが批判されてはいるが、それでも、彼らの記録によれば、ウイルス感染を抑えることに成功している。同時に、中国は近くて遠い外交的・地政学的緊張に巻き込まれているが、その役割はまだ終わっていない。中国はcovid19 の戦闘に必要なマスクやその他の装備を提供することで、自国の評判を守ろうとしてきたが、国家ブランドとしての中国の評判には一定のダメージがあった。ここには、中国がいわゆる ″狼の戦士 ″外交で自己主張するのではなく、非常に重要な背景がある（CNN.com）。侵略に裏打ちされた外交だが、中国にはアジア諸国との距離を縮めるチャンスがあるかもしれない。中国はかつて見られた主導権を失い、今や大陸はその影響力から離れようとしている（Liang

2020）。これは長く続くかもしれないが、中国のための仕事は今すぐ始まる。

アジア諸国と中国との協力は、真の協力からしか始まらない。ここで「真正」という言葉は、国際関係の世界ではユートピア的あるいは非現実的に見えるかもしれない。しかし、中国がアジア諸国の信頼を築き、彼らの領土的願望に甘んじることができれば、それは可能である。他方、日本と韓国はそれぞれの相違点を解決しようとしているが、韓国は北の隣国である朝鮮民主主義人民共和国（北朝鮮）に対しても警戒を怠らない必要がある。香港で起きた騒乱事件や、香港の自治権を抑圧する中国の法律が最近成立したこと。中国による台湾への働きかけも同じ路線である。中国が中心となっているこうした苛立ちは、アジアの政治をも動かしている。アジアの大きな政策転換は、他のアジア諸国が中国の主張に代わる存在としてまとまることができたとき、あるいは中国が前項で述べたようなやり方を改めたときに初めて実現する。2 つ目の選択肢は、中国版「Real Politik」（ジョンストン、2019 年）を考えれば、間違いなく奇想天外なものであり、よりユートピア的な路線である。しかし、最初の物語に戻れば、投資、貿易、経済が利益以上に注目される必要のあるポスト・パンデミックの世界で、アジア統一のアイデアを考えれば可能性はある。東アジア近隣地域の協力軸は、大陸全体に波及する可能性がある。

アジアでまだ議論されていないのは、東南アジアと南アジアだ。この地域に目を向ければ、アジアの地政学は、そして世界の地政学は、現代においてこの 2 つの重要な地域を中心に動いている。東南アジアに目を向けると、ASEAN というサブリージョナル・グループを形成してうまく機能しているのはこの地域である。この地域は、先進国、発展途上国、後発開発途上国の 3 つのカテゴリーに分けられる。最も発展しているのはシンガポール、マレーシア、ブルネイだろう。インドネシア、ベトナム、タイに対し、フィリピンは発展途上であり、すでにアジアで重要な足跡を残し、世界経済も成長している。最後に、カンボジア、ラオス、ミャンマーが後発国である。今、このアジアの重要な地域は、新たな「アジアの経済バブル」と呼ばれている。シンガポールやマレーシアのような地域は、すでにサービスや銀行の中心地としての地位を確立している。パンデミック発生直前から現在に至るまで政変が続いているマレーシアでは、より顕著である。一方、ブルネイは石油が豊富で、イスラム志向の強い社会でもある。東南アジアのブルネイは、西アジア諸国の反映のようなものだ。したがって、東南アジアの豊かな経済圏は、アジア大陸における投資と貿易の面で重要な役割を担っている（Huang, 2016）。

一方、タイ、インドネシア、ベトナム、フィリピンといった発展途上国に目を向けると、どの国も経済的な必要性だけでなく、安全保障上の責任も負っている。残念ながら、中国というアジアの国が関係している。南シナ海の地域は、中国が南シナ海の支配とその資源に関連している共通の要因である[9]。上記の4カ国は、米国、インド、日本、韓国、さらにはオーストラリアの方程式が入る地政学的安全保障の政治という点で、非常に重要な文脈を持っている。ベトナムの経済成長は間違いなくアジアの新たな話題であり、フィリピンも同様に、貧困、怒りっぽい大統領、差し迫った ISIS の脅威はもちろんのこと、社会問題にもかかわらず、やるべきことはたくさんあるにもかかわらず、まだ成長しようとしている。そしてタイは、自国の経済的課題や政治的混乱にもかかわらず、アジア諸国のインフラ・プロジェクトに投資してきた。タイは重要な貿易関連国であり、アジアの貿易通過国として重要な地位を占めている。観光経済とは別に、タイの重要性がここにある。最後に、インドを除けばアジアの次の経済大国として注

[9](Thediplomat.com "China's self-Inflicted wounds in South China Sea "からアクセス。

目されているインドネシアである。貧困や経済問題を含む植民地問題に苦しんできたインドネシアだが、最近になってアジアにおける重要かつ協力的なプレーヤーとして頭角を現し始めている。

その次に重要なのは、カンボジア、ラオス、ミャンマーといった後発開発途上国だ。自国の発展、ひいては大陸の発展という重要な役割を担っているだけでなく、経済面だけでなく安全保障面でも重要な役割を担っているのだ。中国はこれらの国々をインフラ開発のために利用しており、書類上は問題ないように見えるかもしれないが、最近のミャンマーからの報告に見られるように、内政に介入する傾向もある（Hillman, 2018）。ミャンマー政府は、中国がミャンマーのテロ集団を扇動していると訴えている。東南アジアと南アジアの交差点に位置するこの国では、インドも熱心に投資し、安定した関係を保っている。実際、インドはミャンマー政府と結託して、インド北東部の反政府勢力に対して外科的攻撃を行うことができた。このことは、インドがミャンマーが重要な国であり、発展途上ではあるが、鉱物という重要な資源を保有し、安全保障上の戦略的立地から計り知れない可能性を秘めていることを知っていることを示している。中国はミャンマーに多額の投資をしており、それはインドにとって重要な安全保障上の観点を持っている。中国はコヴィド 19 危機の際にもミャンマーと「仮面外交」を行おうとしていた[10]。

しかし、問題はミャンマー政府がどのように進化してきたか、そして近い将来どのようになるかということだ。ミャンマーはアジアにおける民族分断国家のひとつであり、ロヒンギャ危機がミャンマーを世界的なニュースに陥れたことは言うまでもない。この危機は、ミャンマーの民主主義の擁護者とみなされていた「アウンサ・スーチー」にとってもへこみを意味した。しかし、ロヒンギャ危機への対応における彼女の役割は、西側諸国からはよく思われていなかった。彼女は、平和と民主主義のための闘いに対する西側諸国からの多くの評価を剥奪されただけでなく、仏教強硬派のアプローチをとるようになったミャンマーの政治力学の変化をも意味した。宗教に基づく国家は、民族と宗教の分断国家を大規模な期間統合する。ミャンマーの重要性は、戦略的な敷居の高い国としての地位を維持し、今後も高まり続けるだろう。カンボジアとラオスは、経済的な原動力を取り戻し、アジアの成長エンジンになろうとしているが、主

[10](Alicia Chen, Vanessa Molter 2020) accessed from fsi.stanford.edu "Mask Diplomacy : COVID 時代の中国の語り"

に中国の投資[11]に依存している。それだけでなく、共産主義という政治構造もまた、長い間中国に利用されてきた。現在のパンデミックを分水嶺として活用し、インド、日本、韓国といった他の国々が、アジアの開花を可能にする"Lens of Asian Pax"の夢を実現するために、これらの国々に投資することが重要である。

今、南アジア地域がその中心にあり、そこには非常に複雑な隣国関係と権力闘争がある。三角関係のラブストーリーのような権力争い。アジアで最も未発達な地域のひとつでありながら、現在だけでなく予測可能な将来においても最も多くの可能性と成長を秘めている地域の探求と支配への愛。古くからの地政学的ライバルであるインドとパキスタンの間の勢力争い、そして言うまでもなく、この三角勢力争いの中で、中国の方程式が物事を辛辣なものにしている（Guo et al 2019）。繁栄し、成長するアジアがひとつになるためのアイデアは、この地域で最も挑戦的なものである。この地域はインドにとって最も重要な文脈を持っている。covid19のパンデミックという難題がまだ続いている現在の状況において、インドはガルワン渓谷で中国と衝突した。中国とインドの対立は、少なくとも70年間

---

[11](Chee Meng Tan, 2015) accessed from theasiadialogue.com "東南アジアにおけるインフラ投資と中国のイメージ問題"

はインドとパキスタンの対立の影に隠れていた。しかし、アジアにおける政治的駆け引きの現在の状況は、発展する関係の背景に多くの重要性を持っている。中国とインドの関係は、近代国家となった2つの古い文明が、新しい時代のライバル関係を築いた（Hillman, 2018）。文化的な接触や学術的な訪問から始まったこの2つの古い文明の関係は、今日の時点で新たな葉を茂らせている。

インドと中国は、南アジアだけでなく、グローバルな領域でも政治の中心となっている[12]。中国がアジアだけでなく、アフリカやラテンアメリカの国々に投資したり、援助したりする金額は、中国の方が多い。しかし、アジアに戻れば、インドとパキスタンの対立、あるいは中国自身の内政問題や近隣諸国との対立、さらには日本や韓国、ASEAN 諸国との地政学的な対立など、非常に奇妙で複雑な対立関係が生まれている。南アジアの政治というと、一般的にはインドとパキスタンに限定され、スリランカやバングラデシュ、最近ではネパールやブータンにも言及されることがある。しかし、この地域のすべてがどのように重要な意味を持つようになるのか、これまであまり語られることはなかった。そ

---

[12] (Ayush Jain, 2020) accessed from eurasiantimes.com "After Galwan, Himachal could be next big issue in India-China border dispute".

の理由は、この地域がインド亜大陸という形でインドの延長に過ぎないと見なされてきたためで、インドの他のすべての正当な誇りを持つ主権国家である近隣諸国に対して悪気はなかったからだ。残念ながら、この近視眼的なビジョンは、西側だけでなく、アジア地域にも及んでいる。南アジアは、特に健康、教育、生活の質といった多くのパラメーターにおいて、サハラ以南のアフリカと比較することができる。

南アジア地域とインドの役割は、今や単なる援助提供者から、地域全体を導くリーダーへと変貌を遂げた。インドは徐々に、そして着実にその役割を担っている。南アジア地域だけでなく、大陸全体にとっても重要な役割である。インドはすでに、南アジア気候衛星の打ち上げ、インフラ整備、新しい貿易ルートの開拓、保健、科学技術協力などの面で、その役割を担っている。しかし、このような状況の中で、インドはパキスタンの脇をすり抜けるために非常に慎重かつ巧妙に行動してきた。インドが*BIMSTEC*や*チャバハル港プロジェクト*、*上海協力機構への加盟*など、亜大陸の両側で新たなプラットフォームを開いているのは、まさにこのためだ。これはすべて、アジアにおけるインドの役割の変化の一部である。しかし、中国とパキスタンの関係も念頭に置かなければならない。イランや西アジア、中央アジアなど、亜大陸以外のアジアのプレーヤーも巻き込む角度だ。南アジア地域では、パンデミック以前から権力と影響力をめぐる戦いが繰り広げられてきた。Covid19 後のシナリオでは、西側世界が沈没し、米国がアジアに軸足を移し、米国と中国の間の地政学的緊張が高まるにつれて、パワーの支点がアジアに移っている。

多くの歴史を持ち、世界最古の文明とその影響が人類の文明の心に刻まれているこの地域が、今、再び脚光を浴びている。インドと中国の関係は、衝突、協調、そしてその両方が混在した形で顕著になっている [13] 。しかし、西アジア、中央アジア、東アジア、東南アジアに囲まれた南アジアという地域において、この地域が非常に重要な位置を占めていることを忘れてはならない。アジアの世紀を一周させるためには、この南アジア地域、特にインドとその近隣諸国が果たすべき役割がある。パンデミック（世界的大流行）の間、インドからの医薬品輸出は増加し、医薬品外交はもちろんのこと、中国も疑惑をよそに輸出を続けている。また、貿易の成長、エネルギー回廊、生活の質の向上は、国内政治だけでなく国際政治をも動かす最も重要な要因である。*中国の新しいシルクロード・プロジ*

[13] (Antara Ghoshal Singh, 2020) accessed from Thehindu.com "The standoff and China's Indian policy dilemma".

*ェクトにとって重要なこの地域は、中国のいわゆるインド包囲網に対抗するためのインドのエネルギー・パイプライン・プロジェクトとは別に、インドの近隣諸国にわたる重要なインフラ・プロジェクトに*投資するストリング・オブ・パールの投資によって[14]、南アジアに注目する十分な理由があることは確かだ。南アジア地域は、アジアの新しい秩序が出現するにつれ、旧来の大国の小政治に囲い込まれることなく、前進する時が来たのだ。

アジアのサブリージョンの地域的な願望から先に進むと、今日のこの世界では、アジアとアジアだけがより大きな役割を果たすことになる。世界最大の居住地であるこの大陸には、独自の課題や問題がある。世界で最も複雑な歴史問題のいくつかは、アジア大陸にある（Fan, 2007）。朝鮮半島の南北間の地政学的対立、イスラエルとパレスチナの宗教的対立、そしてイスラエルと他のアラブ諸国やイランとの対立、さらにはインドとパキスタンの核をめぐる恐るべき敵対関係、そして最後に忘れてはならないのが、イスラム教シーア派イランとスンニ派サウジアラビアの代理戦争に基づく対立である。ここに

---

[14] (G.S. Khurana, 2008) accessed from tandfonline.com "China's String of Pearls in the Indian ocean and its security implications" （インド洋における中国の真珠の糸とその安全保障上の意味）。

挙げられている問題は、壮大なスケールのものだ。ロシア、アメリカ、西ヨーロッパ、イラン、サウジアラビアといった権力者たちの遊び場となっていたイラクとシリアの没落した国々は、非常に真剣に検討される必要がある。西アジアは、アジアで最も不安定な地域のひとつであり、将来のアジア内の繁栄と協力の構築、さらにはより大きな世界への影響に多くの利害関係がある。[15]アジアは団結し、アジア中心の世界を構築するために、他の大国、特に西側諸国から隔離された状態を維持する必要がある。

これらの問題、特に朝鮮半島における問題を解決するという考えは、朝鮮半島の外にある大国の枠を超えている。この問題は長く続いているが、解決策はない。同様に、イスラエルとパレスチナにとっても、西側諸国がイスラエルを支持し、アラブ諸国がパレスチナを支持するのに対して、新たに見出した友人たちが、2 国家解決という解決策を取ることができる。インドとパキスタンについては、数回にわたる戦争と、パキスタンを後ろ盾とするテロがインドを苦しめている。前述したように、中国という角度もある。[16]こうした中、イランとサウジアラビアの対

---

[15] (P. Duara 2001) accessed from jstor.org ″文明の言説と汎アジア主義″

[16] (Marwan Bishara, 2020) accessed from Aljazeera.com ″Beware of the looming chaos in Middle East″ （マルワン・ビシャラ、2020 年）″中東に迫り来る混乱に注意″

立は、イエメン、シリア、イラク、リビア、さらにはエジプトでの代理戦争を通じて、西アジアと北アフリカ地域に広がっている。西アジアでは、カタールとUAEの間に、この地域のファッショナブルで豊かな象徴的な国であることをめぐる対立があることも忘れてはならない。両国の間の問題は、カタールが*ISIS／ダーイシュを*支援しているという疑惑と外交的なものだと思われているが、それ以外の側面もある。サウジアラビアのように、自分たちも混ざり合っている。イスラエルとイランの関係が不透明であることは言うまでもないし、ヨルダンやレバノンには、西アジアの危険な近隣諸国とは別に、忍び寄る社会経済的問題がある。

結論

APEC（アジア太平洋経済協力）や米国が提唱する TPP（環太平洋経済連携協定）、中国が支援する RCEP（地域包括的経済プログラム）など、新たに台頭してきた主要貿易ブロックのほとんどにアジアが参加しているという考え方は、アジアが世界貿易の中心にあることを示している。アジアから太平洋を隔てた対岸には、オーストラリアとニュージーランドという確立された経済大国があることも忘れてはならない。オーストラリアは大きな大陸の国であり、多くの鉱物資源を持ち、貿易の面でもアジア大陸にとって重要な役割を担っている。ニュージーランドについては、経済規模ははるかに小さいが先進国であり、貿易の面でアジア本土諸国と重要なつながりがある。南シナ海の地域は、鉱物資源が豊富で、世界の主要な貿易ルートのひとつである場所だけではない。また、太平洋の小島嶼国もほとんどが未開拓であり、アジア太平洋の新たな海上貿易ルートを開拓している。投資と世界貿易におけるアジアの役割については、中国とインドがアフリカへの2大投資国である。また、日本や韓国がすでに実現した欧州との自由貿易協定だけでなく、アジアから遠く離れたラテンアメリカ諸国や、依然としてGDPで世界最大の経済大国であるアメリカの裏庭でも、中国やインドが自由貿易協定を結ぼうとする動きが強まっている。したがって、アジアはすでに貿易を通じてグローバルに活躍している。パンデミック後の世界秩序は、我々が知っているように変化しているだろう。権力構造、地政学的な舞台はすべてアジアを基盤としている（Du & Zhang, 2018）。科学、技術、人的資本の台頭はすべて、主にアジア大陸を基盤としている。アジアがテクノロジーの震源地であることを証明するために、2つの例を挙げよう。パンデミック（世界的大流行）以前は、台湾、日本、韓国、中国といったアジア諸国に、高品質の半導体、それも量的な半導体の需要があった。[17]同様に、世界と人類の文明が、ゲームを変える技術 5G の話題の中で新たな分水嶺の瞬間に近づいている。中国の脅威を克服するために、イギリスやフランスを含む西側の先進国は、中国に対抗するために日本に注目している。防衛や自動車技術などの面でも、日本、韓国、中国などの国だけでなく、インド、ベトナム、マレーシア、シンガポール、フィリピン、タイ、アラブ首長国連邦などの新しい国も加わり、アジア諸国はさらに前進している。最大の大陸であるアジアが、西洋貿易商とその帝国主義的傾向の出現以前、数千年にわたってそうであったように、最も偉大で最高である可能性は無限にある。記事中にもあるように、アジアは大きな課題に直面しているものの、そのファンダメンタルズは強固であり、台頭は避けられない（Kersten, 2007）。

---

[17](Thediplomat.com ″The Global war for 5G heats up ″より（マーサ・シルビア、2020 年）。

移民と国境の政治：中央アジアのカザフスタンの物語

このアイデアは、中央アジアであれヨーロッパであれ、現代において各国がどのように共通の経験から学ぶことができるかを理解するためのものである。このような理解によって、互いの経験を比較し、学びを共有することができる。それは、移民関連の問題を分析する方法として、本稿が達成しようとしていることである。国境と移民問題という考え方が、本稿で研究する移民関連問題の重要な視点となる。カザフスタンとその国境政策は、1990 年以来、他のコーカサス諸国を寄せ付けないために行われてきた。比較例として、移民に関する考え方やトピックに関する理解を深めるため、イタリアを中心にポルトガル、スペインを時折取り上げた。

はじめに

21 世紀の世界は、グローバリゼーションの領域でつながっているにもかかわらず、おそらく最も分断された世界である。したがって、私たちは「オクシモロン（矛盾）」（Fassin, 2011）という概念によって定義された世界に生きていることを理解することが非常に重要である。歴史的な背景を辿れば、今日の世界は経済的な統合と崩壊の観点から見ることができ、政治、テクノロジー、そして社会的・環境的な要因の領域においても、同様にカップリングとデカップリングの概念から見ることができる。世界情勢におけるカップリングとデカップリングの効果が、今日の世界を定義しているのだ。経済的、政治的、そして社会的、技術的な側面というこれらすべての主要な要因から見て、持てる者と持たざる者の間には明確な溝がある。これは人類の文明が始まったときからあったことだ。社会経済的な進歩という観点から人類の進化の段階を見ると、人類社会が平等主義的であるという考えは常に否定されてきた。システムがつながっているにもかかわらず、ここで対立が生じる。21世紀、世界はひとつになりつつあるにもかかわらず、いまだに格差は歴然としている（Chacon, 2006）。人類の文明移動の始まりも、移動元で不足している資源を手に入れるという発想から始まった。これは移籍の最も重要な側面を定義するものであり、カップリング-デカップリング効果という概念の構築はここから始まる。

ヨーロッパ諸国は、移民への対応という点で大きな隔たりがあった。前述したように、フロンティア諸国は移住の問題に最初の段階で対処してきた（Anderson et al.）しかし、本稿では、ヨーロッパ大陸を一変させた移民危機によって開発されたコミュニケーション・プロトコルだけでなく、ソフトウェアの開発についても追跡したい。移民という考え方は新しいものではないし、ヨーロッパは長い間移民に直面してきた。では、ヨーロッパ以外の国がこうした観点からどのように学ぶことができるのかという疑問が生じる。そこで、ヨーロッパのシナリオとカザフスタンのような国との比較研究という全体的なアイデアが生まれる。これは、欧州のシステムから学んだ政策運営のアイデアを構築するのに役立つだろう。また、カザフスタンのような国が、多くの貧しい国に囲まれている国のために、移民や国境を管理する正確な方法を作ることにも役立つだろう。また、地理的に厳しい国境を手作業で精査する必要があるため、近隣諸国と緊密な連携を築くヨーロッパのシステムに学ぶ必要がある。共同パトロールや、カザフスタンが思いつく国々がアクセスし管理できるデータベース管理の方法は、カザフスタンが前進する道を作るだろう。これは、移民の審査、監視、適切な文書化に関連する効率的な作業プロセスを可能にするシステムの管理に役立つだろう。相互に関連し合うこれら3つのプロセスは、完全ではないにせよ、不法移民のプロセスを大きく縛るのにも役立つだろう。

今、イタリアやカザフスタンのような最前線の国々との比較の視点から移民を見れば、共通点と相違点を理解する新たな視点を見出すことができるだろう。両国は最前線に位置し、国境は多くの国々にまたがっている。イタリアは長い間、特に移民危機以降、移民の矛先に直面してきた。海路のおかげで、イタリアのような国で移民を受け入れることが可能になった。2015 年以来、イタリアはギリシャ、ポルトガル、スペインとともに移民危機の問題に直面している。同じように、社会主義ソビエト連邦共和国の解体から生まれたカザフスタンは、不法に密輸されるという利点だけでなく、かなりの人口を持つ国々に囲まれていた。これには、ウズベキスタン、トルクメニスタン、タジキスタン、キルギスなど、多くの国が経済的に大きな問題を抱えている国も含まれる。したがって、カザフスタンのような国の国境や移民政策は、課題に適応する必要がある。同国は、ヌルスルタン首相が長期にわたって安定政権を維持してきた。しかし、移住の課題もまた、その国にとって重要な考慮事項である。したがって、カザフスタンのような国は、移民と移民問題の完璧なバランスを保つための課題と解決策から学ぶことができる。そこには、中央アジアのさまざまな地域からやってくる移民のプロセスと流入を見る必要がある。イタリアのような国のヨーロッパの経験から学んだことを、カザフスタンのような国にどのように生かすことができるかということである。それゆえ、これこそが学習に生かせるものなのだ。これには国境警備隊、文書化、移民の管理政策の監視、そして移民を適切に管理する方法が含まれる。

移民の背景を理解する

移民を封じ込めるプロセスで重要なのは、記録のデジタル化と文書化である（Crepaz, 2008）。ヨーロッパではダブリン協定によって不法移民を特定し、最初に到着した国から追跡することが始まった。移籍の全体的なプロセスとその動きを記録することは、間違いなく非常に重要である。ヨーロッパでは、デジタル記録を管理する全体的なプロセスは、間違いなく移動の追跡と追跡に役立っている。移民の管理は、社会経済的にも非常に重要である。危機に対処するためには、人々の管理のための情報と技術が非常に重要である。危機は、資源の管理と移民への配分に基づいた適切な計画を必要とする。管理すべき全体的な管理プロセスも含まれる（Wicox, 2009）。そのためには、情報通信技術を活用し、維持する必要がある。ドイツ、フランス、スカンジナビア諸国などでは、移民のプロセスは多くの政策的関心事となっている。EU は独自のソフトウェアを開発した。データベース管理は、移民管理のプロセスや、各国が移民を元の到着地で追跡・維持する方法にとって非常に重要である。その元来の到着地はフロンティア諸国であり、その矛先が向けられている。

イタリア、スペイン、ギリシャなどを含む地中海沿岸のフロンティア諸国は、特にデジタル政策のアイデアを別のレベルに引き上げる必要がある。ギリシャのレスボス島は移民で溢れかえっており、デジタル化と情報技術の利用が進んでいなかったため、大きな困難に直面していた。こうした情報通信技術の欠如は、そう簡単なことではない。そのためには、記録のデータベース管理を適切に統合する必要があり、これは移籍の危機全体に対処するための重要なステップとなりうる。このことは、ヨーロッパ大陸における移民がどのように形成されてきたかという重要な背景を前面に押し出している。2015 年危機の移民が単なる転換点だったわけではない。この年は、欧州連合（EU）としての危機対応のあり方を大きく揺るがした年といえる。世界は人権や人間の価値観に属しているという考えが崩れ去ったのだ。移民のデータベース管理は重要なステップであったため、これは間違いなく問題提起であった。情報通信技術は、欧州連合（EU）諸国によって徐々に適応され始めた。2015 年の移民危機は、移民がさまざまな形で起こりうることの奥深さを示した。その中には、コンテナやトラック、そしてもちろん難民船による入国も含まれるし、陸路での横断やその他の斬新な方法もある（Peters, 2015）。

政策目標と今後の方向性に関する結論

「カザフスタンのような国は、移民受け入れにおけるヨーロッパの経験からどのように学ぶことができるのか？これが最も重要な点であり、それゆえ移民を受け入れるプロセスが最も重要なのである。東欧、北欧、西欧、南欧、中欧の間の分断のプロセスや管理の透明性は、地域間のデジタルデバイドに関する重要な問題を提起している（Hayter, 2000）。同様に、ウズベキスタン、カザフスタン、トルクメニスタン、タジキスタンといった国々を擁する中央アジア地域も、出入国管理政策と国境管理政策を協調させる必要がある。

移民に関する考え方や、移民の扱い方をめぐる分裂は、データベース管理によってかなりの程度まで対処できる。移民取引の負担が固定化され、より平等主義的な条件で分配されるようになったことを理解する必要がある。しかし、カザフスタンのように、中央アジアからヨーロッパへの重要な移民ルートと国境を接する国にとっては、移民の管理と国境政策が必要である。不法移民を管理し、国境政策を適切にコントロールするために、カザフスタンのような国は適切な移民データ管理を行う必要がある。これが、欧州の政策との比較が議論に持ち込まれた理由である。先ほどから話題になっているデータベース管理はヨーロッパでも出てきているが、データの統合とデータ管理の信憑性という考え方が、マイグレーションとその管理という全体像を難しくしている。移民の信じられない側面とその管理には、単なるデータベース管理から離れた要素もある。必要書類を持たない移民のリストを維持することだけが目的ではない（Flores, 2003）。しかし、移民危機を解決する鍵は、移民のルート、そして最も重要な人身売買の発生源を追跡することにある。人身売買を規制するために、移民の道を管理し、国境を適切に管理することである。

したがって、移住は世界が理解すべき非常に重要なプロセスである。だからこそ、上記のパラグラフは、格差が拡大しているように見える今日の世界にも、歴史的な時代から格差は存在していたことを理解するためのアイデアを持ち込もうとしているのだ。今日の世界の概念は、21世紀に先立つ 4 つの大きな出来事**、つまり第一次世界大戦、第二次世界大戦、脱植民地化の過程、そして最後に冷戦とその終結とその余波から**定義されています。そこに今日の世界がある。前世紀と今世紀における移民のプロセスは、人類史におけるこれら4つの大きなシフトのいずれかと関連していると推測できる。それに加えて、経済的、社会的、その他の要因も加えることができる。人口分布と移動パターン、そしてルートは、これらの要因によって構成されている。しかし、21世紀に入り、人類移動の第 5 の側面が到来した。それは、不安定で独裁的な体制が続いていた西アジア地域と、同じような文化的・政治的体制を持つ北アフリカ地域が、**「アラブの春」**によって崩壊したことによる。まずチュニジアから生まれ、西アジアと北アフリカ地域に広がった「アラブの春」の構想は、民主化の波が変化をもたらすことを切望する市民の訴えによって崩壊した（Wicox, 2009）。世界が移民を理解する新しい思考パターンに移行する中で、こうした政治活動も念頭に置かなければならない。世界の他の地域からの移民の経験を理解することで、今後どのように最良の政策を実施するかを学ぶことができる。

ユニット 3: 21世紀の世界のダイナミクス

アメリカはなぜ、そしてどのように失敗したのか？

第二次世界大戦後の時代から、アメリカの政権はその政策に支配された世界秩序の舵取りをしてきた（ローガン）。米国とソ連の間には、ある時期から激しいライバル関係があった。この 2 つの大国が支配し、世界中に絶えず介入していた世界は、ソ連が崩壊する前の 1990 年代まで世界を形作っていた。その後、世界政治と政策形成の新たな局面が訪れたが、そのほとんどはアメリカによるものだった。

リアリズム、ネオリアリズム、あるいはリベラル派の理論によって世界政治を動かすという考え方は、結局のところ、政策を推進するプラグマティズムを持っている。地政学は、行政単位（ハンプトン）に反映されるように、社会やニーズと強い関係を持っている。冷戦が終結して以来、アメリカは世界中で多くの紛争に巻き込まれた。第二次世界大戦後の段階でアメリカが自己主張していたとすれば、冷戦後の段階でもアメリカの介入は増加した。揮発性、不確実性、複雑性、曖昧性の世界として知られるようになった従来の不確実な時代において、米国の政策決定の力学は適応が遅れていたのかもしれない。グローバリゼーションは、それが始まったときとまったく同じように、世界政治に影響を及ぼすようになった。

こうして西欧の重商主義者たちは、世界の他の地域に向けて船出したのである。冷戦終結後、権力と資金が西側世界から移動し、その流れが逆転している。これは、西側諸国の覇権主義的傾向だけでなく、民間人の政策、対外政策介入として考慮することが重要である。アメリカの支配の道は、世界（モリス）の解釈に基づいていることを忘れてはならない。そうなると、倫理の問題に行き着く。文化的にも、もちろん地理的にも近いという点でも、アメリカとはまったく関係のない世界を理解するための質問だ。それでもアメリカの外交政策の影響は見逃せない。それは前世紀からあったことであり、すでに全世界がグローバリゼーションの波に乗っている以上、均衡を保つことができるかという問題が残っている。世界政治の領域で、権力者がいまだに無力者を食い物にしている倫理観の問題。また、ここ 20 年でグローバル化が進み、大きな疑問が残っている。そのため、ある行為がどのような影響を及ぼすかについての倫理性の問題は、しばしば踏み越えられたり、意図的に忘れられたりする。2003 年のイラク戦争の時代に動き出した災難は、そのような決断のひとつとして、歴史上見過ごすことのできない時期のひとつである（ライアン）。この決断は、現代の地政学にも影響を与えている。しかし、関係者を見るとなると疑問が残る。

権力者たちが、自分たちのとった行動に対して答えられるかどうか。責任という点では、ドナルド・ラムズフェルドのように、二人の異なるアメリカ大統領の下で最年少と最年長の一人として国防長官を務めてきた人物は、その二度の在任で非常に多くの変化を経験してきたということを理解することである（ラムズフェルド）。今注目されているのは、ジョージ・W・ブッシュ・ジュニア政権下で国防長官を務めたことに基づくもので、イラク戦争への反応に関する彼の悪名高い発言のひとつを基にしたドキュメンタリー『The Unknown Known』でも取り上げられている。当時、米国はアフガニスタンに関与していたため、米国のイラク介入案はすでに議論されていた。その背景には、米国が他国の戦争に巻き込まれることへの疑問があった。兵士たちは、明確な定義も理解もないまま、現役の戦闘に駆り出された。ここでは、ブッシュ大統領（ラムズフェルド）の重要なアドバイザーの一人としての彼の意思決定の問題を理解しようとしている。この助言は、イラク政権と現職の独裁大統領（当時）であるサダム・フセインという敵を想定して思いついたものともいえる。しかし、介入という問題に基づく慎重さと倫理の問題が貫かれることはなかった。サダム・フセインも責められるべきだった。彼は協力しなかったので、彼の非協力的な態度に基づく西側の通信が、米軍の介入を正当化するために使われることになっただろう。米軍によるイラク占領の間、数々の惨劇が繰り広げられたからと言って、ずっと後に起こったイラク政権の崩壊を否定することはできない。また、グアンタナモ湾での捕虜拷問は世界に衝撃を与えた。さて、これらすべての点に関して、倫理の問題は一旦脇に置いておくとしても、少なくとも合理性を問う必要がある。イラクに介入し、独裁的であることは間違いないが、どうにか脆弱な国家を維持していた政権を打倒することが、その反動につながるとは考えなかった国防長官である。サダム政権が大量破壊兵器を製造しているという決定的でない証拠に基づいてサダム政権を崩壊させたことで、国、地域、そして世界が危険にさらされた。サダム政権崩壊後の脅威の台頭は、今日、全世界が目にするところである。ISIS というアルカイダよりも危険で過激なテロリスト集団が出現した。ドナルド・ラムズフェルドのような人物が、どのような倫理的立場をとっているのかという疑問が生じるのは明らかだ。したがって、大国とそれを動かしている人々の全体的な責任感の減退を考慮する必要がある。これらはドキュメンタリーで提起された疑問である。

ドナルド・ラムズフェルドに焦点を当てる一方で、当時のアメリカの政治シナリオを忘れてはならない。ツインタワーの崩壊は、メディアとそこに属する人々（ラムズフェルド）によって世界一の国とみなされたアメリカの誇りの象徴的な崩壊だった。米国に傷を負わせた宗教的教条主義を手招きする異質な力が、彼らの想像を絶する政治シナリオを作り出したのは間違いない。初の大統領に就任したジョージ・ブッシュ・ジュニアへのプレッシャーは計り知れず、アメリカ政治はその答えを出した。アメリカ議会の上院の議場から、メディアの討論会、さらには大統領府の議場まで、対アラブ戦争を求める声は大きかった。サダム・フセインは 1990 年代の湾岸戦争で標的にされ、権力を維持するのに十分なほど弱体化させられたが、クウェートへのいわれのない攻撃については正しく適切に叱責された。米国はこの機会を逃すことなく、同盟国が脅かされた場合は決して逃がさないことを念押しした。アプローチにはバランスがあり、グローバル化の時代におけるプラグマティズムを維持しながら倫理を考慮するというエッセイのテーマに沿っていた（パナゴプロス）。しかし、ドナルド・ラムズフェルドの時代には、少々辛辣で、当時のトーンとしてはそうかもしれないが、アメリカの持つ大きな力に対する配慮が足りなかった。アメリカのいじめの力が、どのような不安定さと人命の損失をもたらすかは考慮されていなかった。最も重要なことは、アメリカがサダム・フセインを排除した後、長期的にどのような恐ろしいシナリオが展開されるかということだ。保守的で偏屈な考え方は、自国のプライドや安全保障の問題であるかのように見せかけ、多くのアメリカ人の命をも奪ってきた。この文脈に関連して、アメリカは 2003 年のイラク戦争に巻き込まれる以前から、ベトナム戦争や過去 10 年の初めのリビア危機でも同じことをしてきた。従って、イラクへの介入と事態の処理に関するブッシュ大統領とその主要顧問の責任は、間違いなくラムズフェルドにある。しかし、だからといって、彼のような重要なポジションを担当した経験のある人物が、もっと理性的で、外交的であるべきだという事実に変わりはない。機転の利かなさや物事の扱い方はもちろんのこと、公の場での奔放な発言もあって、彼は賛否両論を巻き起こす存在となった。今後何年にもわたって世界に影響を与えるような決断を下すために必要な政策立案と冷静なアプローチは、間違いなく欠けていた。ラムズフェルド政権下でのこの種の誤謬の代償は、アメリカでさえ多くの影響を与えた。

このドキュメンタリーでは、ドナルド・ラムズフェルドという人物を理解し、その人物がどのように行動したかに焦点が当てられている。しかし、前述のドナルド・ラムズフェルドの人物像が問題になるたびに、当時の政治状況を改めて考える必要がある。エッセイを書くためには、この人物の思想と、その思想の原動力となったもの、そして思考プロセスを理解する必要がある。そうすることで、彼のとった政策を理解しやすくなる。したがって、2003 年のイラク戦争前後の政策理解の過程は、西側諸国がイメージの投影に躍起になっていた時期である。怪物政権からの解放者のイメージ。それがドナルド・ラムズフェルドの政策立案の原動力であり、彼がとったすべての行動の原動力であるとも言える。したがって、ドナルド・ラムズフェルドによる政策指示や倫理性の問題だけが関心事ではない。この人物を理解するために、倫理の一部と、舞台裏で多くのことが進行していた彼の政策の問題に関連する調査の過程があった。2003年当時のアメリカは、テロとの戦いから2年以内であった。しかし、その戦いがどれほど効果的だったのかという疑問は残った（ライアン）。アフガニスタンでの戦争に投入された税金と資源は、あまり大きな成果を上げていなかった。特にオサマ・ビン・ラディンが主な標的であったため、アメリカの防衛機構の戦略計画はそれほどうまく機能しなかったようだ。このような状況の中で、アメリカは、タリバンとは何の関係もなく、実際タリバンとはかなり敵対していたサダム・フセインが、完璧な目くらましになることを知っていた。アメリカ政府にとっては、世論を再構築し、形成するための新たな道を見つけることが気晴らしとなる。倫理の問題という考え方は、最初の段階で揺らいでいたのだ。米軍のイラク進駐政策の発端は、アフガニスタンの角度から考える必要があるそのような要因の一つである。長い間続いてきたすべてのプロセスの積み重ねが、米国政権の政策サークルに結実したのである。そこでドナルド・ラムズフェルドと彼の政策に関連する性格を調べることができる。当時の現職アメリカ大統領ジョージ・ブッシュ・ジュニアは、新たな戦争の後、どのような心境に陥っていたのだろうか。そのため、「知られざる男」という悪名高い男の解読について議論する必要があった。彼の2度目の在任の時系列に先立つシナリオと、彼に蓄積された怒りやフラストレーションは、彼の政策を解明するのに役立つ。

ドキュメンタリーが焦点を当てているのはそのことだが、詳細な理解は、彼がいた時代の場所から来ている必要がある。それはもう済んだことだ。さて、彼はどの政権の代表だったのだろうか。そう、共和党の保守派だ。アメリカの力を代表しているという自負が、この力関係そのものが長い間、国内でも海外でも疑問視されていたのに……。彼の役割、立場、そして彼がなすべき責任への集中は無視できない。従って、ラムズフェルドを私のエッセイの前の部分が示唆するよりも有利な立場で見ることができるのは、このようなことに焦点を当てているからである。それよりも、その人間を全体的に理解することが重要なのだ。個人的なレベルや政府のヒエラルキーにおいて、彼はどのようなプロセスに関わっていたのだろうか？特にエッセイはバランスに関連した質問に答えるものなので、これらの質問に対する回答は彼をより良い立場に置くことになるだろう。USA を権力アイデンティティの危機から脱却させる可能性のある指令と、その捌け口となる指令のバランスを保つアプローチだ。これは、このエッセイを通して繰り返され、言及されてきたことである。エッセイの原動力であり、その人物に関連する質問に答えるためでもある。何がその人を突き動かしたのか、生意気と思われるかもしれない政策のための思考を進めた。また、より自己主張が強く、"アザーズ "を一掃することで権威を刻印しようとする性格を持ち込んだことは、間違いなく倫理的な問題を提起している。しかし、パラドックスは、ひとつの暴力的な事件が、それらすべての暴力的な体制にドミノ効果をもたらすプロセスを始めたことを理解することにある。米軍がアフガニスタンやイラクに駐留している 10 年後の今日でさえ、彼は自分が何にサインしたのかわかっていたのだろうか。米国と北大西洋機構条約機構を中心とする西側諸国は、ラムズフェルドのような人たちが担当していた方向に、当時の世界を押し進めていた。前述したように、アメリカのプライドを回復させることが目的であったため、反響は主要な関心事ではなかった。したがって、彼によってなされた発言や、彼がその一端を担った政策決定は、彼だけに帰することはできない。ただ、客観的な角度から見る必要があり、その答えは出発点の出来事にあるかもしれない。それこそが、テロとの戦いがアメリカにとっての包括的な答えであったという点である。プライドと名誉をかけた戦いは彼によって繰り広げられたが、ポピュリスト的な感情の中で、必要な機転や外交術を見失っていたのは事実である。過去のヘンリー・キッシンジャーの道を借りるという考えもあったかもしれない。

結論として、このドキュメンタリーは誇張した主張をすることもなく、独自のセンセーショナルな見解を持ち込むこともない。ドキュメンタリーのあるべき姿を忠実に再現している。つまり、それは直線的であり、動き出した一連の出来事に従って進む。これらの情報は、このエッセイで重要な接続点と考えられるが、見逃している可能性のあるポイントに到達するために使用され、拡大されている。だからこそ、移籍前の要因とシナリオに至った状況との総合的な理解に重点が置かれていたのだ。それは、政策立案と時代のニーズ、そして状況が求めるものとのギャップを埋めようとするエッセイである。特に倫理と道徳の問題が提起されたように、理解され、文脈化され、解剖される必要のある要素がある。そうやって当時の世界を考える必要がある。その姿勢とアサーティブな政策への転換についての考察が、このエッセイの中でなされている。これは、倫理と時代の必要性についての議論に正当性をもたらし、意味を与えるために行われる。

大衆がナショナリズムを受容するための政治的コミュニケーションとその媒体の分析

本稿は、ナショナリズムの使われ方の変遷を理解し、ナショナリズムの考え方がある期間にわたって観客にどのように受け止められてきたかを理解する試みである。民主主義の方法でナショナリズムの考えを広め、それに対抗するためのコミュニケーション・チャンネルを見ることが、本稿の焦点である。コミュニケーション・パターンとその使い方は、間違いなくナショナリズムの重要な要素である。そこで本稿では、さまざまな角度から情報を照合し、このアイデアがどのようにして大衆に受け入れられようとしているのかを探ろうとする。ナショナリズムは、昔から政治的な目的のために非常によく使われる対話であった。ナショナリズムの影響は、第2次世界大戦のような特定の時期において増大した。政治的ナショナリズムのレトリックは時代とともに変化してきた。実際、現代とメディアの変化によって、観客の好みも変わり始めている。メディアとその使用に対する考え方も変化し、長い間視聴者に受け入れられてきたナショナリズムに関する従来のコミュニケーション形態に混乱をもたらした。したがって、本稿がここで分析しようとしているのはこのことである。

キーワード ナショナリズム、政治コミュニケーション、オーディエンス、プロパガンダ、レトリック、メディア、政府

コンセプトの紹介 ナショナリズムに関連する政治的コミュニケーションは、長い間、重要な検討課題となってきた。政治的イデオロギーの全体像と、ナショナリズムの思想という性質における観客によるその受容は、長い間存在してきた。ファシズム国家の出現以来、観客の思想の受容を測定することは難しい。その思想は、一握りの信奉者をプロパガンダの基盤として、より多くの聴衆に押しつけられたり、重ねられたりしている。 ナショナリズムという考え方は、19 世紀後半からヨーロッパで広まり、人々に影響を与えた。国民国家制度が流行した時代から、ナショナリズムを中心とした政治的コミュニケーションという考え方はあった。国家、国家のアイデンティティ、そして聴衆に影響を与えるためのレトリックの使用が、この論文の焦点である。ナチス・ドイツやファシスト・イタリアの政権下では、国民国家とその再生という考え方は、国家と聴衆の関係を構成する非常に重要な要素であった。観客と国家をつなぐという全体的な考え方は、情報の流れに沿ってより一面的なものだった。アーリエ・L・ウンガーが『

ナチス・ドイツにおけるプロパガンダと福祉』という 本の中で書いている ように、「Menschenfuehrung（大衆の動員）」のもとでの大衆の総動員こそが 、プロパガンダ・モデルの鍵だった。ここでは、大衆をターゲットにした観客の全体像が浮き彫りにされるので、論文にとって非常に重要な要素である。同じ時期に、ファシズム国家に対抗するプロパガンダのアイデアも見出すことができる。特にアメリカや他の同盟 国は、『プロパガンダ・ウォリアーズ』（クレイトン・D・ローリー著）という本で言及されているように、ナチス・ドイツに対抗して いた : Clayton D. Laurie 著『The Propaganda Warriors:America's Crusade against Nazi Germany』で言及されている。第二次世界大戦後、政治的コミュニケーションの進化は時を経てきた。インターネットやテクノロジー、その他のメディア空間の出現は、政治的コミュニケーションを新たな価値観で理解するというコンセプトで視聴者を惹きつけるという新たな次元を生み出した。さて、この論文では明らかな理由から、観客の事実発見に関する一次研究の証拠を提供することは難しい。多くの人がナショナリズムをより政治的に正しい形で進化させたものと考えている現代の文脈におけるソフトパワーの考え方は、進化するメディアの時代にも政治的に提唱されている。ファシスト政権時代のプロパガンダの考え方が、パブリック・ディプロマシーへと変化したことを示唆する論文の冒頭。政治的コミュニケーションは、それが国内であれグローバルな視聴者であれ、広範囲に影響を及ぼす。しかし、政治的プロパガンダを通じてナショナリズムの思想を広めるという考え方は、見るべき範囲が広い。どの言語であれ、国家にブランドやアイデンティティを与えるという考え方は、政治的コミュニケーションやその意図する効果と真摯に関係している。しかし、それは観客の評価にも左右される。ナショナリズムの考え方と、それが指導者たちによってどのように投影されるかに話を移せば、南アジアという地域に目を向けることができる。国民国家の建設とその政治的コミュニケーションという考え方は、本稿で論じられる重要な次元である。パキスタンとバングラデシュ（当時の東パキスタン）という考え方は、分離独立前の政治的コミュニケーションを通じて生まれたものであり、そのアイデンティティはターゲットとする読者に理解されている。Indian Journal of Political Science に掲載された B.C.ウプレティの 論文によれば、ナショナリズムとは人々の間にある思想の現れであり、期待や理解の変化である。

概念自体のテーマしたがって、マニフェストとナショナリズムの思想の受容の全体が、政治指導者によって解釈されたことに注目することが重要である。800 年にわたってインドが担ってきた社会繊維を切り離す結果となったイスラム・

ナショナリズムの思想が、パキスタンとバングラデシュを生み出したのである。南アジアにおけるナショナリズムの考え方はすべて、言語、文化、民族という考え方に基づいている。これは、二国論という考え方が生まれて以来、政治指導者たちが演説で使ってきた言葉だ。M.A.ジンナを筆頭とするムスリム連盟からの政治的コミュニケーションはよく知られている。しかし、本稿の核心に戻ると、新しい国家を通じて南アジアのムスリム・コミュニティに独立した土地を要求するというコミュニケーションや繰り返されるレトリックによって、人々がどのような影響を受けたかを理解することが重要である。皮肉なことに、これが後に裏目に出ることになった。バングラデシュを言語的な境界線上に形成したのと同じ考え方が、パキスタンをインドの両側から切り離したのである。特に南アジアのような地域では、レトリックやナショナリズムの考え方は、さまざまな角度から見出すことができる。さまざまな角度が、民族的、文化的、言語的アイデンティティという形で政治指導者に利用されてきた。バングラデシュ、当時の東パキスタンの独立アイデンティティを求める闘争に遡れば、聴衆に浸透させるためのレトリックはベンガル語の価値に基づいていた。ジュリア・メジャーの論文『Construction of the Tongue』（南アジアにおける言語とナショナリズムとアイデンティティ）でも、そのことが述べられている：南アジアにおける言語、ナショナリズム、アイデンティティ」。前述したように、ナショナリズムの発明の全貌は、意図された観客の心に注ぎ込まれる。政治的コミュニケーションは、聴衆にメッセージを伝える上で重要な役割を果たす。言葉というものを理解し、使いこなすことは「国民感情にとって」とても重要なことなのだ。しかし、政治的コミュニケーションには、国内空間にも存在する、より広い意味合いがある。それは後で触れる部分だ。しかし、ナショナリズムと政治、そしてそのコミュニケーションという側面から、ナショナリズムは常に大衆の想像力をかき立ててきた。大衆の感情を表現し、それを適切な文脈に置いて聴衆と結びつけることは、ポピュリズムやプロパガンダと呼ばれ、強力な言説である。スブラタ・K・ミトラは、南アジアにおけるサブナショナル運動の政治学的視点を執筆に取り入れている。文化的ナショナリズムの合理的政治学」と題する彼の論文は、サブナショナリズムを含むナショナリズム傾向のアイデアに、どのような感情が練り上げられるかという考えを述べている。政治的な領域では、指導者が聴衆に成果物を提供するために、そのアイデアや感情を利用するという非常に重要な文脈を持っている。例えば、スリランカにおけるLTTEの闘争の考え方が挙げられている。全体的な考え方は、強い政治的要素を持つ市民の権利という概念から始まった。その後、暴力的な闘争に転じたが、政治的なコミュニケーションの要素も依然として強く持ち続けていた。それはスリランカ国内の和平プロセスやインド、さらにはノルウェーの介入からも明らかだ。パレスチナやカタルーニャ、その他の国家に属さない、あるいは未承認の国家運動は、常に強い政治的コミュニケーションを持っている。言論の自由と、国民、民族、国家のアイデンティティに関わる思想は、常に強い政治的影響力を持つ。このような影響力は、国家や混乱した部門によって操られ、レトリックに利用される可能性がある。政治的コミュニケーションとは、メディアという領域を超えて広がる力強いアイデアと、それが人々にどのように受け取られるかということである。コミュニケーションのアジェンダとデリバリーがアプローチの違いを生む。中国は権威主義体制の一例であり、政治的コミュニケーションは国家から聴衆へという考え方に基づいている。エクシング・ルーがその著書『中国のバーク分析』は、「中国は幸福ではない：ナショナリズムの修辞学」の中で、言語はコミュニケーションにおいて重要な役割を果たすと述べている。政治的コミュニケーションの力と国家の押し付けに基づく考えであるため、この論文は中国人のフラストレーションという考えを非常に広く扱っている。無秩序な西洋化の思想と原住民の搾取が、国内で無秩序な怒りを生んでいる。さて、本題に戻ると、ナショナリズム的傾向や国家のために犠牲を払うという考え方は、著者の言うように薄っぺらくなっているようだ。著者は西側に対する恨みという独自の視点を持ち込もうとしている。主な目的は、読書から世界に描かれている国民国家の考え方を推測することだが。この記事では、政治機構とそれが一体となって機能することで、強い国民国家というアイデアを与えることに反発している。そこで本稿では、ナショナリズムの思想とその機能的な表現が、観客や知識層にどのような影響を与え、それがどのように受け取られ、あるいは返報されるのかを明らかにする。この論文は、進化してきたレトリックの概要を示すために発表された。今の時代は、国家が作り出したナショナリズムや、特に新しいメディアの出現によって大衆が思想を押し付けられる過程への抵抗を、人々に思いとどまらせる。

テーマの分析ナショナリズムの思想は、前述のように、国家を内外に描写する上で非常に重要な形で現れている。国際関係におけるソフト・パワーとも呼ばれるパブリック・ディプロマシーという形での国家イデオロギーの政治的コミュニケーションは、対象読者が異なる。近代における、人という形をとった政治機関による政治的コミュニケーションやレトリックの例のひとつは、イランから得ることができる。マフムド・アフマディネジャド政権のイランに関するレトリックと彼のイデオロギー的描写には奇妙な理解がある。イランの社会的・政治的枠組みには、首相とは別に宗教的最高指導者という非常に重要な要素があるのだから。アフマディネジャドの美辞麗句が跋扈し、新しい形のネオ・イラン・ナショナリズムが提示されたことは、国家史に残る新しい出来事だった。ナヴィッド・フォジが書いた論文にあるように、カルト・オブ・パーソナリティは政治的コミュニケーションに対する個人的なアプローチである。この議論を進めれば、一人の人物がいかにして国民的アイデンティティを形成してきたかという点を提唱することができる。ファシズム国家という考え方と、政治的コミュニケーションがいかに聴衆を操る強力なツールであるかについて語る論文の導入部から始まる。本稿では、先に述べたように、技術的な理由により、観客の関与に関する統計的あるいは一応の証拠を提供することができない。本稿の主な目的は、政治的コミュニケーションという手段が、ナショナリズムに対する感情をどのように形成してきたかについての概念的枠組みを提示することである。ナショナリズムには様々な感情が付随している。それは、解釈されるアイデアであり、コミュニケーションに基づいて人々をどのように集結させるかである。コミュニケーションの政治的側面は、社会経済的、文化的、民族的、その他の要因に左右される。大衆とつながり、大衆がつながることのできる考えを広めることこそが、ナショナリズムの文脈における政治的コミュニケーションである。ベネディクト・アンダーソンによれば、国家、国民という概念は「想像された共同体」として知られている。本稿では、政治的コミュニケーションがナショナリズムの思想構築にどのように利用されているかを理解し、その例を提示しようとする。急進的なナショナリズムは、政治的な雰囲気や国への期待など、さまざまな要因の組み合わせに左右される。ナショナリズムの闘争という考え方が、人種／色彩／民族性という小さな断片に分解されたとしても、アイデンティティの闘争につながる可能性がある。政治的なコミュニケーションは、状況や文脈に応じて、全体の考え方が基になっている問題に応じて、急進的か穏健的かという形をとる。ナショナリズムの考え方は時代とともに変化してきた。本稿では、ナショナリズムの変遷と、政治的なコミュニケーション過程によって提唱されたその思想について、例を挙げて紹介しようと試みてきた。その考え方は、時代やさまざまな社会的背景によって異なってきた。インドにおけるナショナリズムの考え方は、特にパキスタンに対して一貫している特定の考え方や、西欧諸国との不自然な憧れと憎しみの関係を除けば、常に変化してきた。この言葉は、国内だけでなく国際的なレベルでの政治的コミュニケーションにも奇妙な意味合いを持つ。それは、ナショナリズムの思想にとって政治的コミュニケーションがいかに強力であるかを理解することである。カール・ドイッチュは、社会的コミュニケーションという考え方に大きな重点を置いており、文化的蓄積が全体的なプロセスにおいていかに重要な役割を果たすかを説いている。同様に、日本のナショナリズムの考え方は、巨大な文化的同質性に基づいており、それが政治や社会的コミュニケーションの本質となっている。

しかし、河合祐子氏が『新自由主義、ナショナリズム、異文化間コミュニケーション』という論文で提示した考え方は、グローバリゼーションの時代において、日本の文化的ナショナリズムの考え方がどのように変化しているかを示している。本稿では、グローバリゼーションの影響から政治的立場の考え方を再定義し、それが日本という国の新しい考え方とそのナショナリスティックな考え方にどのような影響を与えているのかを明らかにする。新自由主義的イデオロギーへの移行という考え方は、国家主義的アイデンティティの構築方法を変えつつある。ここでいう政治的コミュニケーションとは、厳密な意味での政治的コミュニケーションではなく、イデオロギーの転換を意味するものである。政治的影響力とその価値という考え方が、上記の例の関係を最もよく表している。実際、本稿の目的は、ナショナリズムの思想が政治的コミュニケーションを通じてもたらされる関係を理解することにある。歴史的な時代から最近に至るまで、アジアのさまざまな時間軸を通じて、常に文化的な誇りと支配力を持つ国家として見られてきた日本は、近代になって変化を遂げた。前述したように、本稿のアイデアは、社会的、文化的、経済的要因という多くの付帯要因を持つ政治的コミュニケーションが、ナショナリズムのアイデアをどのように決定するかというアイデアを常に確立することである。日本の例は、帝国の歴史と経済ナショナリズムの基調が時代とともにどのように変化してきたかを示している。日本からの政治的な発信の変化は、日本独自のソフトパワーという形で、その事実を浮き彫りにしている。これには財政援助、技術革新、グローバル文化の受け入れへのシフトが含まれる。コミュニケーションとそのスタンスが、国家とナショナル・アイデンティティに関する考えをいかに決定的に形成するかという考えを込めた政治的コミュニケーションの変化によって、このようなミックス全体が提唱されたのである。最後に、この関係を今後どのように発展させていくかに焦点を当てる。政治的コミュニケーションとナショナリズムの考え方の未来は、経済やメッセージを伝えるメディアの進化の中で進化していくだろう。

進化するナショナリズムと政治的コミュニケー

ションの視点：中国は、政治的コミュニケーションという考え方全体が、新たなナショナリズムの考え方に従って、企業イデオロギーを中心にどのように構成されうるかを示す素晴らしい例のひとつである。このことは、王健が書いた論文「Political Symbolism of Business」の中で述べられている：消費者のナショナリズムと企業の評判管理への影響を探る」。本稿では、中国の政治体制が毛沢東の時代からの共産主義経済から、鄧小平の時代の緩やかだが着実な産業への傾斜、そして 80 年代後半からの消費主義的な姿勢へと、どのように変化してきたかという事実を明らかにしている。先に述べた日本の例と同様に、中国の例もまた、時代の変化に伴う政治的コミュニケーションの進化に関連する事件である。政治的コミュニケーションが常に聴衆によって左右されるわけではないことは、例を見れば明らかである。多くの場合、アイデアはトップから生まれ、大衆に押し流される。しかし、メディアの進化は、最近の慣行を混乱させた。新しいメディア革命の例は、政治的コミュニケーションの流れや視聴者の受容モデルを破壊した。双方向メディアというまったく新しい政治的コミュニケーション空間は、政府や民間のメディア企業の資本主義的強さが問われる新たな道筋を作り出した。従来とは異なるメディア監視の形態が、まったく新しい道を切り開いた。この点については、政治的コミュニケーションとナショナリズムをテーマとした本稿の結論部分で論じる。つまり、新しい形態のメディアは、リベラル派や新自由主義者が自分たちの考えを整理し、それを発信するための新しい空間なのだ。したがって、本稿の結論として、新しいメディアと政治的コミュニケーションという考え方を否定することはできない。同様に、映画やスポーツの利用も、ナショナリズムのために政治的な動機で利用されてきた。1896 年以来の近代オリンピックや FIFA ワールドカップの全体的な考え方は、国の権威やブランドイメージを描写し、開催国への帰属意識を植え付けるものだ。しかし、世界的なスポーツであるサッカーは、ナショナリズムのプラットフォームとしての輝きを失いつつある。このアイデアは、イスラエル大学のイラン・タミールによって書かれた論文（"Decline of Nationalism among Football Fans"）から来ている。前項で述べたように、新しいメディア・プラットフォームの出現によって、政治的コミュニケーションとその視聴者へのアプローチに混乱が起きているということだ。このことは、グローバリゼーションが新たなハイブリッド・アイデンティティをもたらし、それを政治的コミュニケーションに利用するアイディアが失われつつある映画とメディアに関連した論文にもよく表れている。経済、メディア、そしてスポーツにおけるグローバリゼーションは、政治的コミュニケーションにおけるジンゴイスティックなラインを横断している。ユーロビジョンやユー・キャン・ダンス・カナダのような、ダンスや歌に関する人気テレビ番組でさえ、新しい種類の商業ナショナリズムを促進している。この種のナショナリズムの考え方は、よりソフトな要素と結びついている。この種のナショナリズムには流動性がある。クリスティン・クエイルが書いた論文によれば、このような商業的ナショナリズムは、ナショナリズムの概念全体を再構築している。文化的、経済的価値観の変化と結びついて、ナショナリズムの価値観の魅力に変化が生じている。しかし、ネットメディアの時代には、ナショナリズムという別の側面もあり、視聴者のために活用されている。オンライン空間は、アイデンティティやナショナリズムとの結びつきという考え方が常に問われる、ナショナリズムという非常に新しい視点をもたらす。ルカシュ・シュルクが論文の中で、ナショナリズムや性的アイデンティティに関連する個人的アイデンティティのオンライン・アイデンティティについて語ったのは、オンライン空間がいかに他のアイデンティティを超越しているかという非常に重要な視点をもたらす考えである。

結論ネット上でのナショナリズムの探求というアイデアは、この論文でさらに検討することが可能な分野のひとつである。ディアスポラ・ナショナリズムという考え方は、国家を横断する新しいメディアの概念から生まれた概念である。キム・ユナが書いた論文によれば、新しい形のナショナリズムが前面に出てきている。特に東アジア諸国では、自宅からインターネットにアクセスすることで、女性がナショナリズムの普及と改革を主導している。このような混乱は、新しいメディアを通じてナショナリズムの新たな構図を形成するために、新たな要素が入り込んできていることを意味する。ここで指摘するのは、非主流派の要素がアラブの春のために作られたということだ。厳密な意味での「アラブの春」はナショナリズムを扱ったものではないかもしれないが、民主主義とそのメッセージという観点を持ち込んでいる。政治的コミュニケーションのこの側面は、民主的権利のための一種のプロパガンダでもある。このような政治的な声の次元は、政治的展望の変化、選挙運動、政治的アイデンティティやナショナリズムの構築の全体像に影響を与える。それは、今日のソーシャルメディア時代に現れているアイデアの重要な要素である。情報の自由な流れは、独立した声を上げ、ナショナリズムを中心に構築されたアイデンティティのアイデアのために戦うことを可能にした。これはサブナショナル・アイデンティティの観点からも見ることができる。ここでの唯一の大きな要因は、進化するメディアという新たな文脈におけるナショナリズムの起源であり、それが現在の時代にとって興味深い要因となっている。郭忠志らの論文「公共的想像力としてのナショナリズム」で述べられているように、メディアはどのようにナショナリストの言説を作り出してきたかという側面に焦点を当てている。メディアは、中国についての論文で言及されたように、ナショナリズム的傾向の並列的な考えを生み出すのに役立つ積極的な力である。これは、中国のように情報の流れが制限されている国で、メディアがどのように新しい形のナショナリズムを生み出すかという考え方である。本稿のタイトルが示唆するように、ナショナリズムという形の公共的想像力のアイデアは、ソーシャルメディアや進化する新しいメディアを通じて流入することができる。なぜですか？その理由は、従来のメディアのように情報の遮断に悩まされることがないからだ。資本の流れや従来の力ではコントロールできない。ナショナリズムの思想も絡む現代において、メッセージの方向性や妨げられない情報の流れは重要な考慮事項である。カール・ドイッチュはナショナリズムと国家の思想について書いた作家の一人である。彼女の著作は、国家の政治的側面だけでなく社会的側面の集大成を通して、ナショナリズムの思想に焦点を当てようとしてきた。彼女の作品に書かれたコミュニケーションは、国民感情のアイデアを構成している。このこと自体が、ナショナリズムの感情と政治的コミュニケーションにおけるその利用を構成する中心的な重要部分なのである。現時点でのインターネットという新しいメディアの利用については、すでに述べたとおりである。しかし、インターネットは現代において最もダイナミックなプラットフォームのひとつであるため、再び議論に加えられている。ナショナリスティックなコミュニケーションの新しい形が、新しいコミュニケーション・メディアに現れている。ヒョン・ギドクらが執筆した論文にあるように、インターネットの利用はナショナリズムを広めるためだけでなく、政治的コミュニケーションのためにナショナリズムの利用を操作するためにも利用できる。論文のタイトルが示唆するように、インターネットがプラットフォームとして利用されるようになったことで、コミュニケーションのあり方が変化した。この論文で示唆されているように、中国は国内の反日ナショナリストを動員するためにインターネットを利用している。これはコミュニケーションの進化において非常に重要な側面である。インターネットは、今や人々がコミュニケーション・プロセス全体の一部となっている状況を進化させたフォーラムである。コミュニケーションは常に時代の変化とともに進化してきたが、インターネットはおそらく、人類文明が受けた最も重要なプラットフォームの形を与えた。インターネットという考え方は、政治的コミュニケーションにおけるエリート主義の壁を取り払った。その結果、従来のコミュニケーション手段では聞き入れられなかったような、横の声を届けるスペースが生まれたのである。スリラム・モハンの「インターネット・ヒンドゥーの位置を特定する」という論文は、このような視点をもたらしている。結論に至るまで、このことを振り返ることは非常に重要である。国民が自分たちの見解を打ち出すことができる独立したスペースは、より広いレベルで起きている国民運動にとってだけでなく、非常に重要な文脈である。声を疎外された人々のアイデンティティは、デジタル空間の裂け目に強い意見を見出していた。先述した論文の例のように、急進的なヒンズー教徒は、自分たちのイデオロギーを広めることができるし、少なくとも、主要な社会で疎外されている思想のために自分たちの意思表示をすることができる。インターネットは、新しい種類のナショナリズムを生み出すだけでなく、ナショナリズムという考え方のアイデンティティにおける派閥を崩壊させる。グローバルな世界におけるコミュニケーションとナショナリズムの受容という考えを発展させているさまざまなディアスポラがある。ブレンダ・チャンが「祖国を想像する：インターネットとナショナリズムのディアスポラ的言説"によれば、インターネットの世界では、ナショナリズムの中心から離れているにもかかわらず、自分の意見を言うことができる。つまり、ナショナリズムとコミュニケーションという考え方は、意見のアイデンティティや重要な声という考え方から進化しているのだ。ナショナリズムの前進を決定するのは、物事に対する前向きの考え方である。ナショナリズムの考え方全体に関連する議論は、まったく異なる構成かもしれないが、ここでは、ナショナリズムの進化する形式と、インターネットという新たなプラットフォームとのコミュニケーションという側面に限定して議論する。他の形態がどのように審議の議論全体を引き起こしているかは、コミュニケーション・プラットフォームとしてのインターネットの空間に対する最終的な議論をもたらす。ピーター・ダルグレンによる 論文は、公共空間への参入者としてのインターネットというトピックを、非常に新しい現象として取り上げている。インターネットを新たなプラットフォームとして認識することが論文の重要な焦点であり、この点で、論文のアイデアは非常に興味深い。しかし、最も興味深い点は、この論文のアイデア全体を要約している点である。ナショナリズムを含む政治的コミュニケーションが、周縁主義的な観点からどのような文脈で語られているかを正確に理解することができる。それは、進化したコミュニケーションという観点から、本稿の中心的な焦点となっている。

未知なる世界21世紀の地政学におけるアジアなき世界

第二次世界大戦後のアメリカの政権は、その政策によって世界秩序を支配してきた。米国とソ連の間には、ある時期から激しいライバル関係があった。この2つの大国が支配し、世界中に絶えず介入していた世界は、ソ連が崩壊する前の1990年代まで世界を形作っていた。その後、世界政治と政策形成の新たな局面が訪れたが、そのほとんどはアメリカによるものだった。

リアリズム、ネオリアリズム、あるいはリベラル派の理論によって世界政治を動かすという考え方は、結局のところ、政策を推進するプラグマティズムを持っている。地政学は、行政単位に反映されるような社会やニーズと強い関係がある。冷戦が終結して以来、アメリカは世界中で多くの紛争に巻き込まれた。第二次世界大戦後の段階でアメリカが自己主張していたとすれば、冷戦後の段階でもアメリカの介入は増加した。揮発性、不確実性、複雑性、曖昧性の世界として知られるようになった従来の不確実な時代において、米国の政策決定の力学は適応が遅れていたのかもしれない。グローバリゼーションは、それが始まったときとまったく同じように、世界政治に影響を及ぼすようになった。

こうして西欧の重商主義者たちは、世界の他の地域に向けて船出したのである。冷戦終結後、権力と資金が西側諸国から移動し、その流れが逆転している。これは、西側諸国の覇権主義的傾向だけでなく、民間人の政策、対外政策介入として考慮することが重要である。アメリカの支配の道は、世界の解釈に基づいていることを忘れてはならない。そうなると、倫理の問題に行き着く。文化的にも、もちろん地理的にも近いという点でも、アメリカとはまったく関係のない世界を理解するための質問だ。それでもアメリカの外交政策の影響は見逃せない。それは前世紀からあったことであり、すでに全世界がグローバリゼーションの波に乗っている以上、均衡を保つことができるかという問題が残っている。世界政治の領域で、権力者がいまだに無力者を食い物にしている倫理観の問題。また、ここ 20 年でグローバル化が進み、大きな疑問が残っている。そのため、ある行為がどのような影響を及ぼすかについての倫理性の問題は、しばしば踏み越えられたり、意図的に忘れられたりする。2003 年のイラク戦争の時期に動き出した災難は、そのような決断として見逃すことのできない歴史的な時期のひとつである。この決断は、今日に至るまで地政学に影響を与え続けている。しかし、関係者を見るとなると疑問が残る。

権力者たちが、自分たちのとった行動に対して答えられるかどうか。責任という点では、ドナルド・ラムズフェルドのような人物が、2 つの異なるアメリカ大統領の下で最年少と最年長の一人として国防長官を務め、その 2 つの在任期間中に非常に多くの変化を経験したことを理解することである。今注目されているのは、ジョージ・W・ブッシュ・ジュニア政権下で国防長官を務めたことに基づくもので、イラク戦争への反応に関する彼の悪名高い発言のひとつを基にしたドキュメンタリー『The Unknown Known』でも取り上げられている。当時、米国はアフガニスタンに関与していたため、米国のイラク介入案はすでに議論されていた。その背景には、米国が他国の戦争に巻き込まれることへの疑問があった。兵士たちは、明確な定義も理解もないまま、現役の戦闘に駆り出された。ここでは、ブッシュ大統領（ラムズフェルド）の重要なアドバイザーの一人としての彼の意思決定の問題を理解しようとしている。この助言は、イラク政権と現職の独裁大統領（当時）であるサダム・フセインという敵を想定して思いついたものともいえる。しかし、介入という問題に基づく慎重さと倫理の問題が貫かれることはなかった。サダム・フセインも責められるべきだった。彼は協力しなかったので、彼の非協力的な態度に基づく西側の通信が、米軍の介入を正当化するために使われることになっただろう。米軍によるイラク占領の間、数々の惨劇が繰り広げられたからと言って、ずっと後に起こったイラク政権の崩壊を否定することはできない。また、グアンタナモ湾での捕虜拷問は世界に衝撃を与えた。さて、これらすべての点に関して、倫理の問題は一旦脇に置いておくとしても、少なくとも合理性を問う必要がある。イラクに介入し、独裁的であることは間違いないが、どうにか脆弱な国家を維持していた政権を打倒することが、その反動につながるとは考えなかった国防長官である。サダム政権が大量破壊兵器を製造しているという決定的でない証拠に基づいてサダム政権を崩壊させたことで、国、地域、そして世界が危険にさらされた。サダム政権崩壊後の脅威の台頭は、今日、全世界が目にするところである。ISISというアルカイダよりも危険で過激なテロリスト集団が出現した。ドナルド・ラムズフェルドのような人物が、どのような倫理的立場をとっているのかという疑問が生じるのは明らかだ。したがって、大国とそれを動かしている人々の全体的な責任感の減退を考慮する必要がある。これらはドキュメンタリーで提起された疑問である。

ドナルド・ラムズフェルドに焦点を当てる一方で、当時のアメリカの政治シナリオを忘れてはならない。ツインタワーの崩壊は、メディアやそこに属する人々によって世界一の国とみなされたアメリカの誇りの象徴的な崩壊だった。米国に傷を負わせた宗教的教条主義を手招きする異質な力が、彼らの想像を絶する政治シナリオを作り出したのは間違いない。初の大統領に就任したジョージ・ブッシュ・ジュニアへのプレッシャーは計り知れず、アメリカ政治はその答えを出した。アメリカ議会の上院の議場から、メディアの討論会、さらには大統領府の議場まで、対アラブ戦争を求める声は大きかった。サダム・フセインは 1990 年代の湾岸戦争で標的にされ、権力を維持するのに十分なほど弱体化させられたが、クウェートへのいわれのない攻撃については正しく適切に叱責された。米国はこの機会を逃すことなく、同盟国が脅かされた場合は決して逃がさないことを念押しした。アプローチにはバランスがあり、グローバル化の時代におけるプラグマティズムを維持しながら倫理を考慮するというエッセイのテーマに沿っていた。しかし、ドナルド・ラムズフェルドの時代には、少々辛辣で、当時のトーンとしてはそうかもしれないが、アメリカの持つ大きな力に対する配慮が足りなかった。アメリカのいじめの力が、どのような不安定さと人命の損失をもたらすかは考慮されていなかった。最も重要なことは、アメリカがサダム・フセインを排除した後、長期的にどのような恐ろしいシナリオが展開されるかということだ。保守的で偏屈な考え方は、自国のプライドや安全保障の問題であるかのように見せかけ、多くのアメリカ人の命をも奪ってきた。この文脈に関連して、アメリカは 2003 年のイラク戦争に巻き込まれる以前から、ベトナム戦争や過去 10 年の初めのリビア危機でも同じことをしてきた。従って、イラクへの介入と事態の処理に関するブッシュ大統領とその主要顧問の責任は、間違いなくラムズフェルドにある。しかし、だからといって、彼のような重要なポジションを担当した経験のある人物が、もっと理性的で、外交的であるべきだということに変わりはない。機転の利かなさや物事の扱い方はもちろんのこと、公の場での奔放な発言もあって、彼は賛否両論を巻き起こす存在となった。今後何年にもわたって世界に影響を与えるような決断を下すために必要な政策立案と冷静なアプローチは、間違いなく欠けていた。ラムズフェルド政権下でのこの種の誤謬の代償は、アメリカでさえ多くの影響を与えた。

このドキュメンタリーでは、ドナルド・ラムズフェルドという人物を理解し、その人物がどのように行動したかに焦点が当てられている。しかし、前述のドナルド・ラムズフェルドの人物像が問題になるたびに、当時の政治状況を改めて考える必要がある。エッセイを書くためには、この人物の思想と、その思想の原動力となったもの、そして思考プロセスを理解する必要がある。そうすることで、彼のとった政策を理解しやすくなる。したがって、2003 年のイラク戦争前後の政策理解の過程は、西側諸国がイメージの投影に躍起になっていた時期である。怪物政権からの解放者のイメージ。それがドナルド・ラムズフェルドの政策立案の原動力であり、彼がとったすべての行動の原動力であるとも言える。したがって、ドナルド・ラムズフェルドによる政策指示や倫理性の問題だけが関心事ではない。この人物を理解するために、倫理の一部と、舞台裏で多くのことが進行していた彼の政策の問題に関連する調査の過程があった。2003年当時のアメリカは、テロとの戦いから2年以内だった。しかし、その戦いがどれほど効果的だったのかという疑問は残った。アフガニスタンでの戦争に投入された税金と資源は、あまり大きな成果を上げていなかった。特にオサマ・ビン・ラディンが主な標的であったため、アメリカの防衛機構の戦略計画はそれほどうまく機能しなかったようだ。このような状況の中で、アメリカは、タリバンとは何の関係もなく、実際タリバンとはかなり敵対していたサダム・フセインが、完璧な目くらましになることを知っていた。アメリカ政府にとっては、世論を再構築し、形成するための新たな道を見つけることが気晴らしとなる。倫理の問題という考え方は、最初の段階で揺らいでいたのだ。米軍のイラク進駐政策の発端は、アフガニスタンの角度から考える必要があるそのような要因の一つである。長い間続いてきたすべてのプロセスの積み重ねが、米国政権の政策サークルに結実したのである。そこでドナルド・ラムズフェルドと彼の政策に関連する性格を調べることができる。当時の現職アメリカ大統領ジョージ・ブッシュ・ジュニアは、新たな戦争の後、どのような心境に陥っていたのだろうか。そのため、「知られざる男」と悪名高い男の解読について議論する必要があった。彼の2度目の在任の時系列に先立つシナリオと、彼に蓄積された怒りやフラストレーションは、彼の政策を解明するのに役立つ。

ドキュメンタリーが焦点を当てているのはそのことだが、詳細な理解は、彼がいた時代の場所から来ている必要がある。それはもう済んだことだ。さて、彼はどの政権の代表だったのだろうか。そう、共和党の保守派だ。アメリカの力を代表しているという自負が、この力関係そのものが長い間、国内でも海外でも疑問視されていたのに......。彼の役割、立場、そして彼がなすべき責任に焦点を当てたことは無視できない。従って、ラムズフェルドを私のエッセイの前の部分が示唆するよりも有利な立場で見ることができるのは、このようなことに焦点を当てているからである。それよりも、その人間を全体的に理解することが重要なのだ。個人的なレベルや政府のヒエラルキーにおいて、彼はどのようなプロセスに関わっていたのだろうか？特にエッセイはバランスに関連した質問に答えるものなので、これらの質問に対する回答は彼をより良い立場に置くことになるだろう。USA を権力アイデンティティの危機から脱却させる可能性のある指令と、その捌け口となる指令のバランスを保つアプローチだ。これは、このエッセイを通して繰り返され、言及されてきたことである。エッセイの原動力であり、その人物に関連する質問に答えるためでもある。生意気と思われるかもしれない政策のために、何がその人の思考を突き動かしたのか。また、より自己主張が強く、"アザーズ "を一掃することで権威を刻印しようとする性格を持ち込んだことは、間違いなく倫理的な問題を提起している。しかし、パラドックスは、ひとつの暴力的な事件が、それらすべての暴力的な体制にドミノ効果をもたらすプロセスを開始したことを理解することにある。米軍がアフガニスタンやイラクに駐留している 10 年後の今日でさえ、彼は自分が何にサインしたのかわかっていたのだろうか。米国と北大西洋機構条約機構を中心とする西側諸国は、ラムズフェルドのような人々が担当していた方向に、当時の世界を押し進めた。前述したように、アメリカのプライドを回復させることが目的であったため、反響は主要な関心事ではなかった。したがって、彼によってなされた発言や、彼がその一端を担った政策決定は、彼だけに帰することはできない。ただ、客観的な角度から見る必要があり、その答えは出発点の出来事にあるかもしれない。それこそが、テロとの戦いがアメリカにとっての包括的な答えであったという点である。プライドと名誉をかけた戦いは彼によって繰り広げられたが、ポピュリスト的な感情の中で、必要な機転や外交術を見失っていたのは事実である。過去のヘンリー・キッシンジャーの道を借りるという考えもあったかもしれない。

結論として、このドキュメンタリーは誇張した主張をすることもなく、独自のセンセーショナルな見解を持ち込むこともない。ドキュメンタリーのあるべき姿を忠実に再現している。つまり、それは直線的であり、動き出した一連の出来事に従って進む。これらの情報は、このエッセイで重要な接続点と考えられるが、見逃している可能性のあるポイントに到達するために使用され、拡大されている。だからこそ、移籍前の要因とシナリオに至った状況との総合的な理解に重点が置かれていたのだ。それは、政策立案と時代のニーズ、そして状況が求めるものとのギャップを埋めようとするエッセイである。特に倫理と道徳の問題が提起されたように、理解され、文脈化され、解剖される必要のある要素がある。そうやって当時の世界を考える必要がある。その姿勢とアサーティブな政策への転換についての考察が、このエッセイの中でなされている。これは、倫理と時代の必要性についての議論に正当性をもたらし、意味を与えるために行われる。

「ナショナリズムの構成要素としての言語

本稿では、言語の使用とナショナリズムとの関連について考察する。何が言語を構築し、それがどのように国家のアイデンティティに重要な影響を与えるのか。なぜ、ある言語に対する親和性が、共同体に属する人々を考慮する上で重要なのか？以下は、この論文で答えようとしているいくつかの質問である。

キーワード ナショナリズム、アイデンティティ、言語、コミュニティ、社会、親和性、イデオロギー

クロード・レヴィ・ストロースの論文『野蛮な心』で使われている構成要素としての言語は、イデオロギーとしての観点から見ることができる。言語という考え方、そして言葉の創造がいかに独自の世界を作り出すかということは、人間社会にとって偉大な進化である。コミュニティと彼らを取り巻く概念の理解は、言語から大きく発想されてきた。人類社会の進化は言語と大きく関係している。イデオロギーと言語の理解は、意味を構築するのに役立ち、また共通性と理解の感覚を与える。R.ウィリアムズが観察したように、「言語の定義は常に、暗黙的にも明示的にも、世界における人間の定義である」

。言語という考え方は、国家、学校教育、ジェンダーなど、社会的制度を作り上げる影響力を持っている。言語とその使用という考え方に関連して、私は今後の研究活動に目を向けたいと考えている。言語イデオロギーは、文化的、社会的、その他の側面と非常に強いつながりがある。それが私の仕事とどのように関係するのかという概念に話を移すと、それは間違いなく非常に重要な構成要素である。国家イデオロギーは、私の研究テーマにとって重要な要素であり、言語と歴史的な関係がある。言語の進化の歴史は、地政学の進化や、コミュニティを基盤とした社会から国民国家へのパラダイムと非常に重要な関係がある。もちろん、植民地支配は多言語社会の力学を大きく変え、挑戦してきた。全体のパラダイムが植民地国家からポスト植民地国家へと移行するにつれ、言語のアイデンティティも進化的な変化を遂げた。

国民国家を建設するという考え方は、すべて言語と関係があった。言語それ自体は国家のイデオロギーを構築するものではないという議論が絶えない。言語の概念はナショナリズムと結びついてきた。歴史から見て取れるように、その感情は非常に長い間、国家という概念と結びついてきた。(アンダーソン 1991）は、全体主義政府は常に大衆の組織を強制しないと言う。大衆の配置以上に、団結という考え方が運動の成功手段として最も重要なのだ。アイルランド国民運動やバングラデシュの自由運動は、言語から大きな影響を受けている。同様に、カタルーニャの他の例も挙げることができる。言語という概念そのものが、人々を結びつけ、結びつけるという事実に由来している。Savage Mind（野蛮な心)』という記事そのものにあるように、言語には非常に重要なイデオロギーがある。この側面は、ナショナル・ブランディングという側面に基づく仕事にとって極めて重要である。国家の理念は、言語やアイデンティティーの創造と深いつながりがある。もちろん、ヨーロッパ諸国はそのアイデンティティを言語構成と密接に結びつけている。論文にあるように、イデオロギーを理解することであり、単なる命名法ではない。サベージ・マインド』という作品では、言語という概念が、その背後にある思想や感情の概念を意味するように、言語に関する考え方が重視されている。

言葉には意味があり、その意味ごとにイデオロギーが生まれる。この帰属意識は、国家という概念に置き換えることもできるが、必ずしもそうとは限らない。イデオロギーと言語は、文化研究において同時に登場し、さまざまな分野で使用され発展してきた。しかし、言語そのものとそのイデオロギー的な適用には大きな違いがある。私は、言語の構成とその暗黙の意味が、話し手にとってのイデオロギー的魅力に大きく関係する、国家ブランディングに取り組みたいと考えている。しかし、ベンガル語を例にとれば、西ベンガルとバングラデシュでは、そのイデオロギー的な使われ方に大きな違いがある。ベンガルの東と西で言語をめぐる闘争が繰り広げられた結果、言語にはまったく異なるアイデンティティが生まれた。当時の東パキスタン（現在のバングラデシュ）は、ベンガル語を中心に独立の概念と自主統治の要求を構築していた。インド連邦のベンガル西部では、そのようなシナリオはなかった。言語のイデオロギーにはさまざまなアプローチがあるが、最も重要なのは民族誌的文脈である。トロブリアンド島での調査からエスノグラフィーの祖とされるマリノフスキーもまた、エスノグラフィーにおける概念としての言語の重要性を強調している。マンハイム（Mannheim 2004）も、ペルーでの調査で観察したように、言語がまったく異なる文化的概念を生み出すと述べている。

私の仕事は、市民権や帰属意識の主要なアイデンティティとしての言語の使用に関連する概念に取り組むことにある。しかし、前述したように、ナショナリズムの概念を構築するためには、言語それ自体には何の意味もない。インド自体が、言語が国民的アイデンティティを構築するための共通のアイデンティティを持たない最良の例のひとつである。しかし、それにもかかわらず、インドという国家のアイデンティティは、国家というイデオロギーの壁を越えて構築されてきた。言語というものの全体的な考え方が、完全に共通の国民性を構築するためのイデオロギー的な存在であることを考えれば、インドは同じ地理的近辺で異なる言語が栄えてきた奇妙な例として浮かび上がってくるだろう。南アジアそのものが、言語という概念に基づいて 2 つの国家を作り上げた。バングラデシュの例は以前にも触れた。ネパールやブータンのような隣国にも、独自の文化的アイデンティティがあり、それは重要な社会的構成要素として言語と結びついている。社会学的、イデオロギー的な構成要素としての言語には、似たり寄ったりの面があるかもしれない。パキスタンの事例については、アリッサ・エアーズが『Speaking like a State：パキスタンにおける言語とナショナリズムナショナリズムの名残にある今日の世界。ベネディクト・アンダーソン（1991）は、「国家は、標準化された書き言葉を用いたテキストなしには成立しない」と述べている。おそらくアンダーソンは、国語が政治的な道具としてすぐに利用できると思い込んでいたのだろう。カムセラは、かつてソ連の単一支配下にあった中央ヨーロッパ諸国のユニークな例を描いている。

しかし、ソビエト連邦の崩壊後、15 の異なる国々が誕生し、それぞれが独自の国籍と民族性を持つようになった。ハンガリーがオーストリアから分離独立した際のマジャール人のナショナリズムの例が、ここでは適切かもしれない。ハプスブルク王朝から続くオーストリア・ハンガリー帝国は、言語の概念で崩壊した。ポーランドやチェコスロバキアのドイツ人は、民族性とは別に、言語に基づくこの概念をさらに拡大することで、ヒトラーは「レーベンスラウム」を求め、これらの領土を偉大なるドイツ帝国の一部として併合しようとする機会を得たのである。言語はまた、インドそのものにおいても非常に重要な役割を担っている。しかし、持続的な闘争の末に誕生したインドで最も新しい州であるテランガナ州の最近の例を見ても、その創設のまさに中心に言語がある。しかし、この話題から逸脱することなく、建設には政治的な側面がある。ナショナリズムの例と、それが言語とどのように強く結びついているかについては、ユーゴスラビアの例を参照することができる。この国には、異なる民族の人々が一緒に団結する枠組みがあった。しかし、民族主義的な態度の出現は、民族的アイデンティティの実現とともに起こった。しかし、分離民族に関連して最も強く問われるのは、何が分離民族であることのアイデンティティを与えているのかということである。ユーゴスラビアの例では、それは彼らの独立した言語だった。セルビア人、クロアチア人、そしてボスニア人までもが、異なる民族の出身であるだけでなく、自分たちのアイデンティティを守るために独自の言語を持っていた。ここで、ナショナリズムへのイデオロギー的な一歩としての言語のアイデンティティという政治的背景が浮かび上がってくる。民族的な違いだけでなく、言語的な共通点もある。それは非常に重要な基準だが、ではなぜなのか？ナショナリズムの台頭は、話し言葉と非常に重要な関係がある。レトリックや話し言葉は、ナショナリズムの感情を植え付けることができる。それゆえ、ナショナリズムの角度から見れば、話し言葉や言葉の使用は非常に重要なのだ。

しかし、ルールには常に例外が存在するため、すべてのケースに当てはまるとは限らない。言語的な境界線に基づいてインドを構築するという考えは、アレンジメントである。インドを構成する言語や民族のアイデンティティを念頭に置いている。サブ・ナショナリズムの考え方に妥協し、それなりの言語を蓄積することが、その結果である。インドは歴史的に見ても、進化とともに言語を蓄積し、社会に吸収してきたユニークな国のひとつである。これは、ひとつの地理的実体において、独自のイデオロギー構成を持つ言語の違いが吸収された最も重要な例外のひとつである。ここには、個々の国家としてのインド支配の中でのサブナショナリズムという考え方が蓄積されている。言語は社会学的な部分を構築する上で重要な役割を果たしてきた。前述の論文「ユーゴスラビアにおける言語、ナショナリズム、戦争」で分離主義の概念に言及した R.ブガルスキーは、言語が国民国家創設の強力な手段であることをすでに強調している。ライティングの次の部分は、言語が長い年月の間に作家たちによってどのように概念化されてきたかということである。

キース・ウォルターズは著書『チュニジアにおけるフランス語のジェンダー化』の中でこう述べている：言語イデオロギーとナショナリズム "の中でキース・ウォルターズが述べているように、イデオロギーとしての言語とは、常に進化し続ける社会を受け入れるための手段である。アラビア語がフランス語に取って代わられた北アフリカの事例は、帝国主義がいかに経済的なものだけでなく、社会文化的なものであるかを示している。文脈によって、社会繊維の中で自然に進行することもあれば、そうでないこともある。フランス帝国は、すべての植民地で自国の言語を公用語として統合することに成功した。同様に、ニコラス・クローズが述べたように、大英帝国も植民地において言語の統合に成功している。しかし、前述のようにインドは植民地時代の遺産において、独自の共通語は保持していたものの、英語が公用語として蓄積されてきたという大きな例外があった。このこと自体が、アイデンティティの側面とナショナリズムについて多くのことを物語っている。言語がアイデアであることは、上記の文章で詳しく述べた。その考え方自体がナショナリズム的感情を構築し、社会における言語の定義付けが焦点となっている。私は、言語が大衆を結集させることができる遠心点であるということを、この文章に反映させようとしてきた。しかし、ポイントはそこに限定されないことだ。主な焦点は、思想、感情、社会的価値を定義する文化的側面としての言語の使用である。言語に関するナショナリズムのほとんどは、上記の枠組みに基づいて構築されてきた。植民地支配後の多くの国家では、言語もまた、優越性の一形態として原住民に強要された支配形態であった。この考え方は、言語それ自体が、ある集団、国家、民族などの夢をどのように定義づけるかを理解することに関連している。

言語の進化とそのイデオロギー的理解は、封建時代から植民地時代、そしてポスト植民地国家へと発展するパラダイムシフトとともに変化してきた。さて、作品の最後の最後に、言語という才能が人間社会を別々に進化させる大きな要因のひとつであったことが推察される。文化、イデオロギー、親和性、行動の進化は、言語そのものと強いつながりがある。例えば、エスキモーの文化では雪という言葉を定義するのにさまざまな言葉がある。同様に、同じ言語であっても、多様な地理的地域に広がる使用上の違いが発達すれば、同じ言語の境界の中で意味の違いが生じることもある。このことは、世界を支配している言語、すなわち英語、フランス語、そして帝国時代から世界を支配してきたその他のヨーロッパ言語にも当てはまる。スーザン・ハミルトンが "Making History with Frances Power Cobbe "の中で述べているように、言語はそれ自体が進化する力を持っている。それがどのように見られていたのか、あるいはある言葉に対する道徳的な価値とは何なのか。今日、口語で使われている言葉は、実際にその言葉が考えられたときにはまったく違った側面を持っていたかもしれず、それが時間の経過とともに意味を変えていったのである。この話題からあまり離れることなく言えば、一握りの人々によって使われていた元の言語が、その言語が元々存在しない場所に移動したときに、その言語に新しいアイデンティティを与えるのである。それは新しい文化的側面の文化的側面の足し算になる。フランス系カナダ人とフランス系アフリカ人、アラビア語圏の人々、アメリカやイギリス系アフリカ人、インド人の英語使用は、すべて特定の人々（当初は植民地化された人々）のために言語が特定され、共通のコミュニケーションのエコシステムになっている。これは（Blackledge 2002）によく表れている。彼は、イギリスが英語を母国語と結びつけるより強力な手段として言語を用いてきたと述べている。このようにして、彼らの文化的帝国主義は機能したのである。民族の違いの変化を取り入れた国民的アイデンティティとしての言語の使用についてだ。このことは、サントシュ・クマール・ミシュラとナヴィーン・クマール・パタクが書いた論文「インドにおける英語教育」でも言及されている：A Journey from Imperialism to Decolonization"（帝国主義から脱植民地化への旅）と題するサントーシュ・クマール・ミシュラ、ナヴィーン・クマール・パタク両氏の論文でも、本来は異質なものであった言語が、いかにしてナショナリズムの精神を燃え立たせるのに役立ったかが述べられている。エリート主義的ではあったが、共通語でつながることで、インド人の最初の世代は、西洋の民主主義と国家がどのように機能しているかを読み、理解することができた。そのため、攻撃的な民族主義者ではなく、思慮深い個人の感覚を煽る必要があった。歴史上、マコーレーの英語教育システムにさらされていたインドの原住民たちも、ヨーロッパのナショナリズムを感じ取っていた。これは、言語が意図した目的ではなかったが、言語が及ぼす影響が時代とともに変化していることを証明している。

第3章の参考文献

Aghion, P. and Bolton, P. (1997). トリクルダウンの成長と発展の理論。The Review of Economic

Studies, 64(2), p.151.

Bose, S. and Jalal, A. (2009).ナショナリズム、民主主義、そして開発。ニューデリー：オックスフォード大学プレス

Bosworth, B. and Collins, S. (2008).成長のための会計：中国とインドの比較 Journal of Economic Perspectives, 22(1), pp.45-66.

ブラス、P. (2004).インドの言語政治におけるエリートの利益、民衆の情熱、社会的権力。民族・人種研究, 27(3), pp.353-375.

Demetriades, P. and Luintel, K. (1996).金融の発展、経済成長、銀行部門の統制：インドからの証拠。The Economic Journal, 106(435), p.359.

フェルナンデス, L. (2004).忘却の政治学：インドにおける階級政治、国家権力、都市空間の再編。都市研究, 41(12), pp.2415-2430.

Harish, R. (2010).観光ブランディングにおけるブランド・アーキテクチャ：インドの進むべき道。Journal of Indian Business Research.[オンライン] Available at：

https://www.emerald.com/insight/content/doi/10.1108/17554191011069442/full/html [Accessed 28 Sep 2019].

Khodabakhshi, A. (2011).インドにおける GDP と人間開発指数の関係。SSRN 電子ジャーナル。

Mooij, J. (1998).食糧政策と政治：インドにおける

公的配給制度の政治経済学。農民研究』25(2), pp.77-101.

Mukerjee, R. (2007).インドの経済移行ニューデリー：オックスフォード大学出版局

ティラック　J. (2007).インドにおける初等後教育、貧困、開発。国際教育開発ジャーナル, 27(4), pp.435-445.

Varshney, A. (2000).インドは民主化しつつあるのか？アジア研究』59(1), pp.3-25.

第 4 章の参考文献

Almgren, R., & Skobelev, D. (2020).テクノロジーの進化とテクノロジーガバナンス。オープンイノベーションジャーナル: テクノロジー、市場、複雑さ、 6 (2)、22.

Barile, S., Orecchini, F., Saviano, M., & Farioli, F. (2018).持続可能性のための人、技術、ガバナンス：サステナビリティ・サイエンス,13, 1197-1208.

Bhattacharya, S. (2022)In West Bengal, ambitious efforts to plant mangroves yield limited results,Scroll.in.https://scroll.in/article/1032297/in-west-bengal-ambitious-efforts-to-plant-mangroves-yield-limited-results（アクセス：2023 年 6 月 10 日）。

Butcher, J., & Beridze, I. (2019).人工知能のガバナン

スは世界的にどのような状況にあるのでしょうか? RUSI ジャーナル、 164 (5-6)、88-96。

Chakraborti, S.New Town gets one-stop waste-to-wealth store : コルカタのニュース - Times of India,The Times of India.https://timesofindia.indiatimes.com/city/kolkata/new-town-gets-one-stop-waste-to-wealth-store/articleshow/78689888.cms（アクセス：2023年6月10日）。

Davis, K. E., Kingsbury, B., & Merry, S. E. (2012).グローバル・ガバナンスの技術としての指標法と社会』46(1), 71-104.

Dias Canedo, E., Morais do Vale, A. P., Patrão, R. L., Camargo de Souza, L., Machado Gravina, R., Eloy dos Reis, V., ... & T. de Sousa Jr, R. (2020).情報通信技術（ICT）ガバナンス・プロセス：情報,11(10), 462.

Finger, M., & Pécoud, G. (2003).e 政府から e ガバナンスへ？ 電子政府の電子ジャーナル、1(1)、pp52-62。

Hütten, M. (2019).ハードコードのソフト・スポット：ブロックチェーン技術、ネットワーク・ガバナンス、技術的ユートピア主義の落とし穴グローバル・ネットワーク』19(3), 329-348.

Juiz, C., Guerrero, C., & Lera, I. (2014).情報技術ガバナンスのフレームワークにおける公共部門のためのグッドガバナンス原則の導入オープン・ジャーナル・オブ・アカウンティング

Karol Mohan, A.T. (2023)Making sense of bengaluru's Messy Urban Development Data,Citizen Matters, Bengaluru.https://bengaluru.citizenmatters.in/making-sense-of-bengalurus-messy-urban-development-data-117710（アクセス：2023年6月11日）。

Khalil, S., & Belitski, M. (2020).情報技術ガバナンスのフレームワークの下での企業業績のためのダイナミック・ケイパビリティ。ヨーロピアン・ビジネス・レビュー、32(2)、129-157。

Kumar, M. (2022)State Pollution Control Boards in India neither have enough staff nor expertise,Scroll.in.https://scroll.in/article/1036752/state-pollution-controlboards-in-india-neither-have-enough-staff-nor-expertise (Accessed: 14 June 2023).

León, L. F. A., & Rosen, J. (2020).都市統治におけるイデオロギーとしての技術。米国地理学会年報、110(2)、497-506。

Mittal, P., & Kaur, A. (2013).電子行政：国際コンピュータ工学・技術研究ジャーナル、2(3).

Mort, M., Finch, T., & May, C. (2009).遠隔患者を作ること、そして作らないこと：科学技術と人間の価値、34(1), 9-33.

Mulligan, D. K., & Bamberger, K. A. (2018).ガバナンス・バイ・デザインの節約カリフォルニア・ロー・レビュー』106(3), 697-784.

Musso, J., Weare, C., & Hale, M. (2000).地方自治改

革のためのウェブ・テクノロジーのデザイン：良い管理か、良い民主主義か？政治コミュニケーション』17(1), 1-19.

Prasher, G. (2023)Bengaluru, we have a problem: It's our Lakes,Bangalore Mirror.https://bangaloremirror.indiatimes.com/bangalore/civic/bengaluru-we-have-a-problem-its-our-lakes/articleshow/97289067.cms（アクセス：2023年6月11日）。

Roco, M. C. (2008).ナノ粒子研究, 10, 11-29.

Sachdeva, S. (2002). インドにおける電子統治戦略。インドにおける電子統治戦略に関する白書。

Vidisha, S. (2023)ムンバイのスラム住民がアダニの再開発計画に反対して立ち上がる,Nikkei Asia.https://asia.nikkei.com/Spotlight/Asia-Insight/Mumbai-slum-residents-stand-up-against-Adani-s-redevelopment-plan（アクセス：2023年6月12日）。

Yadav, N., & Singh, V. B. (2013).E-Governance: Past, Present and Future inIndia.

デリーの大気の質を改善するための戦略について、専門家がブレインストーミングを行った。https://www.newindianexpress.com/cities/delhi/2023/may/16/experts-brainstorm-on-strategies-to-improve-air-quality-in-delhi-2575552.html（アクセス：2023年6月12日）。

ムンバイの計画・開発はいかに市民を巻き込む

か？ムンバイニュース - Times of India,The Times of India.https://m.timesofindia.com/city/mumbai/how-planning-and-development-of-mumbai-can-involve-citizens/articleshow/100691710.cms（アクセス：2023 年 6 月 11 日）。

西ベンガル州政府、コルカタで公害撲滅のため空気清浄機付きバスを運行（2023 年）ヒンドゥスタン・タイムズ紙。https://www.hindustantimes.com/cities/kolkata-news/west-bengal-govt-launches-buses-with-air-purifiers-in-kolkata-to-beat-pollution-101686042102914.html（アクセス：2023 年 6 月 11 日）。

第 5 章の参考文献

Albert Eleanor, (2019) accessed from Thediplomat.com "Russia, China's neighbourhood energy alternative（ロシアと中国の近隣エネルギー代替案）"

アルトマン・A・スティーブン、2020 年 Harvardbusinessreview.org よりアクセス：「Covid19 はグローバリゼーションに永続的な影響を与えるか？

Birdsall, Campos M. Nancy, Edgardo L Kim Jose, Corden Chang- Shik, MacDonald W. Max, Pack Lawrence, Page Howard, Sabor John, Stiglitz Richard, E. Joseph (1993) accessed from documents.worldbank.org "東アジアの奇跡：経済成長と公共政策"

ビシャラ・マルワン、（2020 年）Aljazeera.com "Beware of the looming chaos in Middle East "よりアクセス

Bogardus, E. (1927) Immigration and race attitudes.ニューヨーク DC ヒース出版

Bose, S. and Jalal, A. (2009).ナショナリズム、民主主義、そして開発。ニューデリー：オックスフォード大学プレス

Bosworth, B. and Collins, S. (2008).成長のための会計：中国とインドの比較 Journal of Economic Perspectives, 22(1), pp.45-66.

ブラス、P. (2004).インドの言語政治におけるエリートの利益、民衆の情熱、社会的権力。民族・人種研究, 27(3), pp.353-375.

Callahan, A. W. (2016).中国の「アジア・ドリーム」、環状道路構想と新たな地域秩序。Asian Journal of Comparative Politics 1(3), 226-243.

Chen Alicia, Molter Vanessa (2020) accessed from fsi.stanford.edu "Mask Diplomacy : COVID 時代の中国の語り"

Cheng, K.L. (2016).中国の「ベルト・アンド・ロード構想」に関する 3 つの質問。中国経済評論 40, 309-313

中国の新外交と世界への影響。(2007).Brown Journal of World Affairs, [online] 14(1), pp.221-232.

Demetriades, P. and Luintel, K. (1996).金融の発展、経済成長、銀行部門の統制：インドからの証拠。The Economic Journal, 106(435), p.359.

ディプタ・チョプラ-南アジアの開発と福祉政策、2014 年

Duara P., (2001) accessed from jstor.org "文明の言説と汎アジア主義".

Du J. & Zhang, Y. (2018).一帯一路構想は中国の海外直接投資を促進するか？中国経済評論 47, 189-205.

Fan, Y. (2007).ソフト・パワー魅力の力か、混乱の力か？Palgrave Macmillan, [online] 4(2), pp.147-158.

フェルディナンド, P. (2016).西へ西へ-中国の夢と「一帯一路」：習近平政権下の中国外交。国際問題 92(4), 941-957

Ghoshal Singh Antara, (2020) accessed from Thehindu.com "スタンドオフと中国のインド政策のジレンマ"

G.S. Khurana, (2008) accessed from tandfonline.com "China's String of Pearls in Indian ocean and its security implications".

Guo, C., Lu, C., Denis, D. A. & Jielin, Z. (2019).一帯一路」戦略の中国とユーラシアへの影響。

Hillman, J. (2018).中国の「一帯一路」は穴だらけだ。戦略国際問題研究所

Huang, Y. (2016).中国「一帯一路」イニシアティブの理解：動機、枠組み、評価。China Economic Review 40, 314-321.

Islam, N.M. (2019).シルクロードからベルトロードヘシュプリンガー

Jain Ayush, (2020) accessed from eurasiantimes.com "After Galwan, Himachal could be next big issue in India-China border dispute".

Jinchen, T. (2016).一帯一路：中国と世界を結ぶ。グローバル・インフラ・イニシアティブのウェブサイト。

ジョンストン, A. 一帯一路構想：中国にとって何があるのか？アジア太平洋政策研究 6(1), 40-58.

Liang, Y. (2020).人民元の国際化と環球金融構想：MMT の視点中国経済 53(4), 317-328.

Lu, H, R. Charlene, R., Hafner, M. & Knack, M. (2018).中国「一帯一路」構想。ランド・ヨーロッパ

Minghao, Z. (2016).ベルト・アンド・ロード構想が中国とヨーロッパの関係に与える影響。The International Spectator 51(4).109-118.

Mishra Rahul, (2020) accessed from Thediplomat.com "China's Self-Inflicted wounds in South China Sea".

ミッチェル, D. 地域を作るか、壊すか：中国の「一帯一路」構想と地域ダイナミクスの意味.地政学

Mooij, J. (1998).食糧政策と政治：インドにおける公的配給制度の政治経済学。農民研究』25(2), pp.77-101.

Narins, P.T. & Agnew, J. (2020).地図から消えたもの：中国の例外主義、主権体制、環状道路構想。地政学 25(4).

Nordin, H.M.A. & Weissmann, M. (2018).トランプは中国を再び偉大にするのか？一帯一路構想と国際秩序。国際情勢

Ramadhan, I. (2018).中国の一帯一路構想。インターメスティック国際研究ジャーナル

Saha Premesha, (2020) accessed from orfonline.org "From 'Pivot to Asia' to Trump's ARIA: What drives US current Asia Policy?".

Schmidt, J. (2008).東南アジアにおける中国のソフトパワー外交。The Copenhagen Journal of Asian Studies, [online] (26), pp.22-46.

Scobell, A., Lin, B., Howard, J.S., Hanauer, L., Johnson, M. & Michake, S. (2018).ベルト・アンド・ロードの夜明けに：発展途上国における中国ランド・コーポレーション

Shariar, S. (2019).一帯一路構想：中国は台頭する世界に何を提供するのか。アジア政治学会誌

27(1), 152-156

Suri Navdeep and Taneja Kabir, (2020) accessed from The Hindu.com：「西アジアとの溝を埋めるパンデミックの危機

Sylvia Martha, (2020) Accessed from Thediplomat.com "The Global war for 5G heats up".

Tan Meng Chee, (2015) accessed from theasiadialogue.com "東南アジアにおけるインフラ投資と中国のイメージ問題"

Ye, M. (2020).ベトの道とその後：中国における国家主導のグローバリゼーション.ケンブリッジ大学出版局

Yunling, Z. (2015).一帯一路：中国の視点。グローバル・アジア 10(3), 8-12.

Zhao, S. (2020).習近平主席外交の象徴としての中国の「一帯一路」構想：言うは易く行うは難し。現代中国研究 29(123), 319-335.

第 6 章の参考文献

Adelman, H. (2002).9.11 後のカナダの国境と移民。インターナショナル・マイグレーション・レビュー。36(1), 15-28.

Anderson, M., Alcaraz Elena, M., Freudenstein, R., Guiraudon, V. (2000).欧米を取り囲む壁：北米とヨーロッパにおける国家の国境と移民規制。ロー

マン&リトルフィールド

Bommes, M. (2000).移民と福祉：福祉国家の境界への挑戦。ラウトレッジ

Chacon, M. J. (2006).安全でない国境入国制限、犯罪取締り、国家安全保障。コン。I. reV.39, 1827.

Crepaz, M. M. (2008).国境を越えた信頼：現代社会における移民、福祉国家、アイデンティティ。ミシガン大学出版局

Fassin, D. (2011).国境を取り締まり、境界を作り出す。暗黒の時代における移民の政府性。人類学年報。40, 213-226.

Flores, A.L. (2003).修辞的な国境の構築：ピーン、不法滞在者、移民に関する競合する物語。メディア・コミュニケーション批評研究.20(4), 362-387.

フリン，D. 新しい国境、新しい管理：現代の移民政策のジレンマ。Ethnic and Racial Studies 28(3), 463-490.

ヘイター、T. (2000).開かれた国境移民規制に反対するケース移民とディアスポラ研究』17.

Jacobson, D. (1996).国境を越えた権利：移民と市民権の衰退ブリル

キングだ。N.(2016).国境はない：移民規制と抵抗の政治学ゼットブックス

Lahav, G. (2004).新しいヨーロッパにおける移民

と政治：国境の再発明ケンブリッジ大学出版局

Maciel, D. & Herrera-Sobek, M. (1998).国境を越えた文化：メキシコ移民と大衆文化。アリゾナ大学出版局

ピーターズ E. M. (2015).グローバリゼーションの時代における開かれた貿易、閉ざされた国境での移民。World Pol.67, 114.

Wilcox, S. (2009).移民に関するオープンボーダーの議論。哲学コンパス 4(5).813-821.

ウィルコックス，S. 移民と国境 Bloomsbury Comparison to Political Philosophy, 183-197.

第 7 章の参考文献

A Smeulers, S Van NiekerkAbu Ghraib and War on Terror-a case against Donald Rumsfeld?犯罪・法律・社会変動, 2009

Dyson, B.S."Stuff Happens"：ドナルド・ラムズフェルドとイラク戦争外交政策分析、2009 年

アブグレイブにおける拷問：国際法違反の罪に関するドイツ法典に基づく、ドナルド・ラムズフェルドに対する訴状。ドイツ法ジャーナル 2005 年

ハンプトン、AJ、アイナ、B.、アンダーソン、J. ラムズフェルド効果: 心理学ジャーナル。 2012 年

ローガン、C.D. -既知の既知、未知の未知、未知

の未知、そして科学的探求の伝播。実験植物学雑誌, 2009.

モリス、E.知られざる者。あなたが知らなかったこと』ドッグウーフ、2000 年

パナゴプロス、C.世論調査：世論とドナルド・ラムズフェルド国防長官。季刊プレジデンシャル・スタディーズ』2006 年

ラムズフェルド, H. D.軍の変革 Foreign Affairs, HeinOnline.2002

Rumsfeld, D.自分自身を守る：なぜイラクを攻撃しなければならないのか？2002 年、今日の重要なスピーチ

ラムズフェルド、H. D.新しいタイプの戦争。ミリタリー・レビュー 2001 年

ラムズフェルド、D.2001 年 4 年ごとの国防見直しの指針と参考事項。2001

ラムズフェルド、H. D.新しいタイプの戦争。ミリタリー・レビュー 2001 年

ラムズフェルド、大統領と議会への DH 年次報告書。2003

Rumsfeld, H.D.Statement of The Honorable Donald H. Rumsfeld.2001

ラムズフェルド、D.自由なイラクのための基本原則。ウォール・ストリート・ジャーナル 2003 年

Ryan, M. 「全領域制圧」：ドナルド・ラムズフェルド、国防総省、米国の非正規戦戦略、2001-2008 年。Small Wars & Insurgencies, 2014.

第 10 章参考文献

Alyssa Ayres (2009), "Speaking Like a State : Speaking Like State: Language and Nationalism in Pakistan", Cambridge University Press.

アンダーソン・ベネディクト（1983）『想像された共同体』ヴァーソ、ロンドン

Blackledge Adrian (2002), "The Discursive Construction of National Identity in Multilingual Britain", Journal of language, identity and education, Vol 1, pp 67-87.

ホロブロー・マーニー（2007）「言語イデオロギーとネオ・リベラリズム」『言語と政治』第 6 号、51-73 頁。

Kathryn A. Woolard & Bambi B. Schieffelin (1994), "Language Ideology", Annual Review of Anthropology, Vol 23, pp.

Ranko Bugarski (2001), "Language, War and Nationalism in Yugoslavia", International journal of the sociology of language, Vol 151, pp-69-87

Walters Keith (2011), "Gendering French in Tunisia: language ideologies and nationalism", International journal of the sociology of language, Vol 2011, page 83.

次を待て......。

www.ingramcontent.com/pod-product-compliance
Lightning Source LLC
LaVergne TN
LVHW041701070526
838199LV00045B/1157
* 9 7 8 9 3 6 0 1 6 0 8 3 8 *